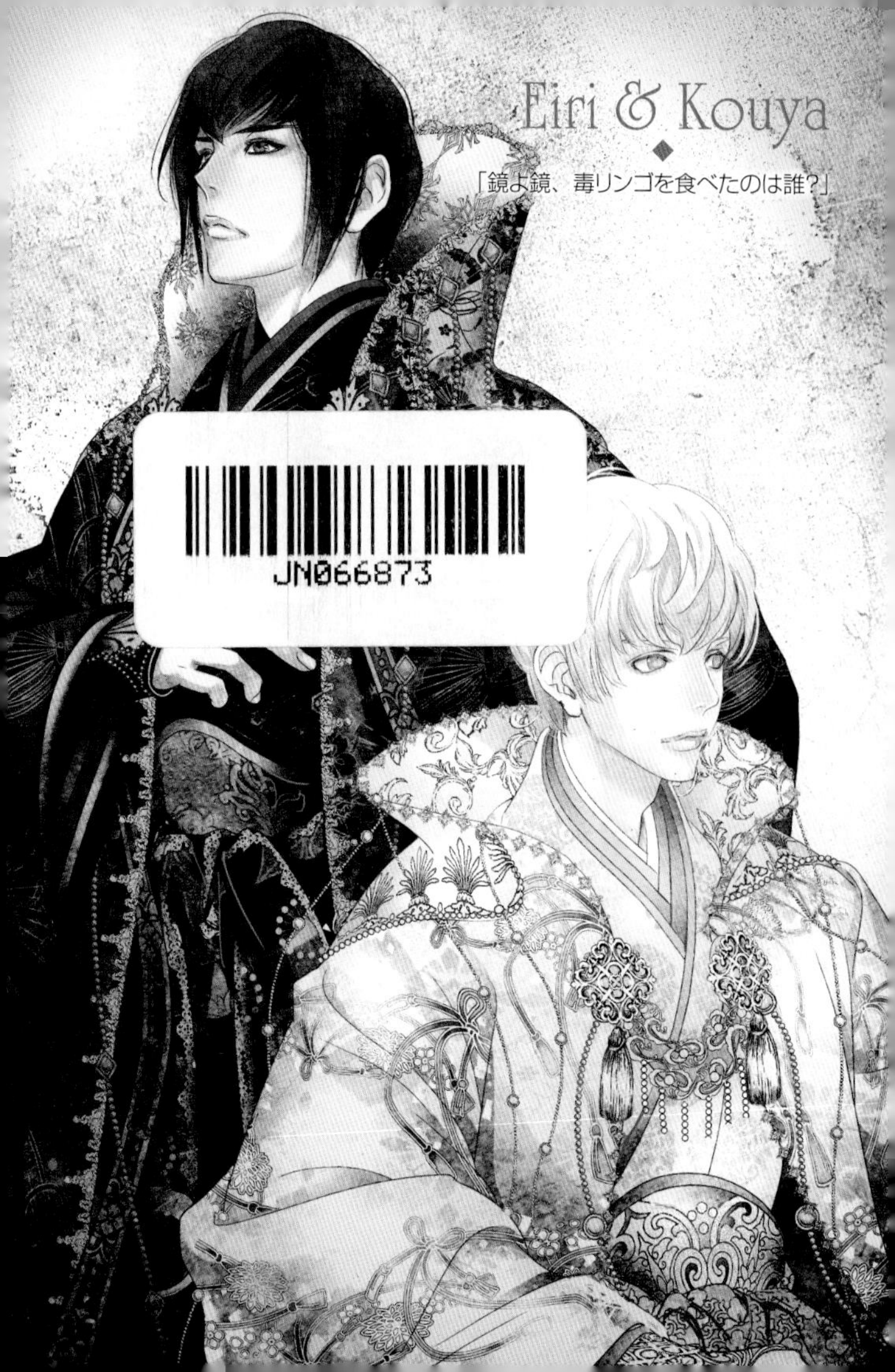
Eiri & Kouya
「鏡よ鏡、毒リンゴを食べたのは誰?」
JN066873

「うん。して」

紹惟に抱いてもらえる。自分にはまだ価値がある。

それなら今は……今だけは、先のことを考えてくよくよするのはよそう。

足を絡めると、性器がこすれ合う。緩やかに上がっていく体温を感じ、永利は目の前の快楽にしばし没頭した。

（本文P161より）

鏡よ鏡、毒リンゴを食べたのは誰？

小中大豆

キャラ文庫

この作品はフィクションです。
実在の人物・団体・事件などにはいっさい関係ありません。

目次

口絵・本文イラスト／みずかねりょう

一

目の前で無邪気な笑顔を見せていた女が、くしゃりと顔を歪《ゆが》ませる。彼女が倒れるように胸に飛び込んでくるのを、彼は受け止め抱きしめた。

このまま離したくない、でも離さなくては。

そんな葛藤《かっとう》の表情を作り、彼は女の身体《からだ》を引き剥《は》がした。二人は見つめ合う。彼は情感を込めてつぶやいた。

「さよなら」

そのまま数秒、静止画像のように二人はぴたりと止まって見つめ合う。

「カット！」

怒鳴るような声が聞こえた途端、二人は同時に身体を弛緩《しかん》させた。

「瀬戸《せと》永利《えいり》さんは、本日が最終日になりまーす」

監督からカットのＯＫが出た後、今日はこれで撮影終了です、と告げた進行役のスタッフが、スタジオの隅々まで聞こえるように声を張り上げた。

周りからパラパラと拍手があり、先ほどさよならを告げた女優が、どこからか花束を持って現れた。永利はそれを見て「俺に？」と自分を指さし、大袈裟《おおげさ》に驚いてみせる。

「花束までいただけるなんて。光栄です」

花を受け取って、感激の表情で短いスピーチをする。

今回のドラマは今までにない役で、本当にいい経験をさせていただきました。皆さんの演技に刺激を受けました。主演のお二人はまだ撮影が残っていますが、元気で無事に終えてほしい。完成を楽しみにしている、うんぬん。

花束を持ってきた主演女優が、目を潤ませて拍手をした。永利もそれに、目を瞬かせて会釈する。見つめ合う主演女優と共演の男優とで、またネットの芸能ニュースあたりがありもしない噂《うわさ》を立てるかもしれない。

「永利君、お疲れ様。君のおかげで全体が締まったよ。ほんとありがとうね。またよろしく。今度は君が主演でさ」

舞台を降りるように撮影セットから遠ざかると、プロデューサーが寄ってきてニコニコ顔でそう言った。

本当ならばありがたい話だが、今後の視聴率次第だろう。それは暗黙の了解で、つまり社交辞令だ。

「こちらこそ、本当にありがとうございました。じゃあ次は、ぜひぜひ主演で」

真面目な青年の笑みに、いたずらっぽいものを乗せる。ぜひぜひ、というところを強調すると、プロデューサーは表情を和ませて笑った。

周りにも最終日の挨拶をして、メイクを落とし、このドラマ専属でついてくれたメイクアーティストにも丁寧に礼を言う。

ここまでがルーティンワークだ。楽屋を出ると、マネージャーが耳打ちする。

「タクシーを呼んでおきましたけど。本当に送らなくていいんですか」

「白金台《しろがねだい》と桶谷《おけたに》君ちは、別方向だろ。大丈夫だって。桶谷君もお疲れ様」

「明日は休みですけど、羽目は外さないように」

好青年の笑顔を張り付けたままの永利に、演技は不要だとばかりにマネージャーは念を押す。

「わかってますよ。羽目なんか外したことないだろ」

スタジオの駐車場で待っていたタクシーに乗り込む。マネージャーはタクシーが走り出すまで見送った。

「白金台駅まで、お願いします」

タクシー運転手に告げ、ポケットに入れておいたフェイスマスクを付けてから、シートに身を預ける。

時刻は午前一時を過ぎていた。一日の仕事終わりの解放感と疲れが身を包む。

一つのドラマが終わったのに、感慨は少しもなかった。力を出し尽くした、という充足感もない。

明日休んで、明後日からはまた別の仕事が始まる。雑誌とドラマ、その先にCMの収録もあったのだったか。

今日の仕事も他にいくつもある仕事の一つに過ぎない。ドライな感覚に、これでいいのかと頭をよぎることもあるが、そうしているうちにまた次の仕事が来る。

一つ一つの仕事の出来は、可もなく不可もない。ちょっと良くなかったかなと思うことがあっても、仕事は途切れなかった。

昔はもっと、仕事に力を注ぎこんでいた気がする。ずっと昔は。なのに、こんなふうにルーティンワークの流れ作業のようになったのは、いったいいつからだろう。

車窓を流れていく夜の景色を眺め、そんなことを考えていたが、やがてまぶたが自然に閉じ、意識はまどろみの中に沈んでいた。

運転手に声をかけられて、眠っていたことに気がついた。

タクシーはいつの間にか撮影スタジオのあった渋谷《しぶや》区を抜け、港《みなと》区の白金台駅に着いていた。

大通りの路肩に停車しており、前方には地下鉄の標識と「白金台駅」のプレートが見える。

「瀬戸永利さんですよね。娘がファンなんですよ」

料金を支払う時、運転手が言った。永利は素っ気なくならない程度に微苦笑を浮かべ、「どうも」と返す。それから「ありがとうございます」と付け足した。

こうした何気ないやり取りも、昨今はＳＮＳなどで炎上の原因になる。外にいる限り、一瞬たりとも気が抜けなかった。

タクシーを降り、冷たい晩秋の夜気を吸う。地下鉄の駅を素通りし、歩道橋を渡って細い道に入る。十分ほど歩いた住宅地に、白い壁に覆われたモダン建築が現れた。

観音開きの木目調の扉の前に立ち、テレビモニター付きのインターホンを押す。返事がある代わりに、目の前の電子錠がガチャッと物々しい音を立てて開錠した。

扉を片方だけ開けて中に滑り込む。白壁の向こうは白い石材の床が続いていて、右手にはスッキリとした洋風の坪庭が、左手には車庫がある。車庫には高級車が二台並んでいたが、来客用にとスペースには余裕があった。

車庫を通り過ぎ、先ほどの扉と同じ材質の玄関ドアを開けた。こちらも鍵は開錠されている。

広い玄関に出迎えはなかった。

「お邪魔します」

いつものことだから、気にせず独り言のように断って、靴を脱ぐ。けれど、この家の前に立った瞬間から、永利の胸はドキドキと逸《はや》っていた。

廊下を駆けだしたくなる気持ちを抑え、勝手知ったる家の奥へ突き進む。家の最奥にある部屋には、煌々《こうこう》と明かりが灯《とも》っていた。

そこだけで五十坪はあるらしい、吹き抜けのワンフロアだ。リビングとダイニングキッチン、応接用のソファ、十数人がミーティングできるテーブルなど、一切合切がまとまっている。

この家は自宅兼スタジオで、ここではよく、仕事の打ち合わせが行われている。

無機質なフロアのどこにも、家主の姿は見当たらなかった。さっき玄関の扉を開錠したから、起きてはいるはずだ。

永利はそれ以上、家主を探すことはせず、その場で服を脱ぎ始めた。シャワーを浴びようと思ったのだ。

上半身裸になり、ジーンズを下ろしかけたところで、頭上から「こら」と軽く咎《とが》める声が聞こえた。

「そこらでむやみに脱ぐなと言ってるだろう」

顔を上げると、フロアの中央にある螺旋《らせん》階段から、家主が降りてきているところだった。

真っ黒な切れ長の瞳が睥睨《へいげい》するように永利を見据えるのに、ゾクゾクと背筋が震える。

「悪い。早くシャワー浴びたくてさ」

何でもないふりで薄笑いを浮かべるのに、ずいぶん苦労した。心臓が相手に聞こえるかと思うほど、大きな音を立てている。

「ただいま、紹惟《しょうい》」

仕事の時よりも神経を張り巡らせて、にっこり微笑《ほほえ》んだ。

久しぶりに見る男の美貌が眩《まぶ》しくて、ちょっと気を緩めるとメロメロになってしまいそうだ……なんてことを言ったら、目の前の男は永利の正気を疑うだろうか。

けれど実際、彼ほど美しく魅力的な男を、永利は知らない。

黒目勝ちの目つきは鋭く、顔立ちはやや男臭く、けれど隙なく整っていて、少しも甘いところがなかった。黒くやや癖のある前髪はいつも軽く両脇に流しているが、今は前に下りていて、そのせいか普段よりも若く見えた。

整いすぎるほど整った冷たい容姿に、けれど気だるげな艶がある。大人の男が持つ色香とでもいうのだろうか。

十年前に出会った時より、艶っぽさが増している気がする。そろそろ四十になるはずだが、そうした年齢を感じさせなかった。

身長は百九十以上あって、ショーモデルだと言われても納得するくらい、逞《たくま》しくバランスの取れた肢体をしていた。

一方、俳優でモデルでもある永利は、身長が百七十ちょっとしかない。身体つきもやや痩せぎすだ。鍛えても鍛えても筋肉が付かず、あまり逞しいと言われたことはないから、彼と並ぶといつもコンプレックスを刺激された。

彼の名前と顔は広く知られるようになっているけれど、今でも時々、この美しい男が写真家の氏家《うじいえ》紹惟だと知ると、驚く人がいる。

エロティックで扇情的な裸の写真ばかり撮っているから、スケベそうな中高年の男を想像するのかもしれない。

ただエロティックなだけでなく、芸術的な価値が認められているのだが、それでもこの、そこらの被写体よりよほど艶やかで華のある男の容姿と、海外でも知名度を上げている有名な写真家という肩書とが、容易には一致しないらしい。

紹惟とは顔だけのハリボテで、裏にゴーストライターならぬゴーストフォトグラファーがいると、一部ではまことしやかに語る者もいるのだとか。

「飯は」

永利の渾身《こんしん》の笑みにも動じず、紹惟は素っ気なく口を開いた。

「食べてない」

「冷蔵庫に、夕食の残りがある。それと、脱いだ服はちゃんと洗濯カゴに入れておけよ」

言うだけ言うと、紹惟はくるりと踵《きびす》を返し、螺旋階段を昇って行った。

「冷たいなあ。二週間ぶりなのに」

姿が見えなくなった相手に、わざとおどけた声で言う。もちろん返事はなくて、広いフロアに自分の声が響いて虚《むな》しくなった。

こっちは会いたくてたまらなかったのに、二人の温度差がすごい。

しかしこれも、いつものことだ。相手の反応の薄さをいちいち気にしていては、氏家紹惟とは付き合えない。

もっとも付き合う、といっても、二人は恋人ではなかったが。

永利はジーンズを脱ぐのをやめて、上半身裸のままキッチンへ向かった。業務用冷蔵庫を開けると、ローストビーフとシチューの鍋が入っている。

どちらも紹惟のお手製だ。永利のために作ったわけではない。何でもかんでも器用にこなすあの男は料理が趣味で、仕事の気晴らしに料理を作る。

大量に作っても、彼のスタジオのスタッフや来客に振る舞うので、滅多に余ることはない。紹惟のローストビーフと牛すじ肉のシチューは特に人気のメニューで、冷蔵庫に入れておくとすぐになくなってしまう。

永利の好物でもあるのだが、なかなか口に入らないので今夜のこれは幸運だった。鼻歌まじりに、冷蔵庫からシチュー鍋を引き出す。

すると、その奥にチョコレートの箱があるのが見えて鼻歌が止まった。

「杏樹子《あきこ》さん、また来たのか」

すっかり見慣れたチョコレートのパッケージは、北海道《ほっかいどう》にある洋菓子店の物だ。知る人ぞ知る人気の名店で、通販はしておらず、現地でしか買えない。

——あの人、甘い物はあまり食べないけど、このチョコレートだけは好きなのよね。

微笑みに隠し切れない優越感をにじませる女の顔を思い出し、永利は小さく舌打ちした。

杏樹子は紹惟の元妻だ。三番目の。モデルで女優でもあり、今でもたまに紹惟と仕事をすることがある。

十年前に紹惟と別れ、翌年に野球選手とデキ婚して北海道に拠点を移した。野球選手との間に子供が二人いるはずだが、去年あたりからなぜか、ちょくちょくこの家に出入りするようになった。

彼女が来ると、まるで自らの存在を主張するかのように、決まって北海道のチョコレートを冷蔵庫に押し込んでいく。先月もこのパッケージを見たのに、また来たのか。

ぜんぶ食べてやろうかと考えて、思いとどまる。チョコレートが一晩で消えても、紹惟は気にも留めないだろう。永利が太るだけだ。

永利は食器棚から器を取り出して料理を取り分けると、電子レンジでシチューを温め、一人には広すぎるダイニングテーブルで黙々と食事をした。

食事が終わると、脱いだ服を拾って螺旋階段を昇る。

一階がスタジオで、二階はプライベート空間だ。階段を上がってすぐ脇にある脱衣所のカゴに、脱いだ服を無造作に放り込む。同じく脱衣所の棚からバスタオルを取った。

自宅のマンションより、この家の方がずっと永利に馴染《なじ》んでいる。十年も通い続けたからだ。

「今年で十年目か」

洗面台にある鏡を前に、独りつぶやく。鏡の前では色白の優男が、皮肉っぽい目で自分を見ていた。

彫りの深い、ラテン民族の特徴が混じった端整な顔立ち。まつ毛は長く、目も大きい。それでも顔が濃い、と言われないのは色白なのと、男臭さを感じさせないためだろう。

三十二歳になった今も、綺麗《きれい》だ美しいと誉《ほ》めそやされる容姿だ。自分でも、それなりに自信と自負がある。

でも、昔はもっと美しかった。

十代の頃は、ノーメイクでも女性と間違えられるくらい性別があやふやだった。二十歳を過ぎても中性的な美貌を讃《たた》えられ、有名女優が代々務める化粧品ＣＭに女装姿で出演したこともある。

何もしなくても肌には張りがあり、素顔は瑞々《みずみず》しく、そこらの女優や女性モデルに負けない自信があった。

今はずいぶん年を食ったと、近頃は鏡を見るたび思う。

肌は水を弾《はじ》かなくなり、顔立ちも昔に比べればうんと男っぽくなった。もう誰も、永利を女と見間違えたりしない。

決して、女性になりたいわけではない。中性的と言われるのをことさら喜んでいるわけでもなく、紹惟のような逞しさに同じ男として憧れるが、自分の唯一の長所が年々失われて行くようで、気が気ではないのだった。

「エステでも通うかな」

軽い口調で独りごち、鏡から目をそらす。容姿の衰えと共に、本来はひたむきで愚直すぎるくらい真面目だった性格も、年相応に小狡《こずる》く変わった。

舞い込んでくる仕事の多さや大きさと、仕事に向ける情熱とが年を追うごとに反比例して大きく乖離《かいり》していく。

このままでいいのか、と自身に問いかけるものの、深く考えようとはしない。

自分の中の不安や恐怖から目をそらし、何事も飄々《ひょうひょう》とやり過ごすのが、すっかり身に沁《し》みついていた。

バスルームに入ると、頭から熱いシャワーを浴びた。冷えた身体が温まり、不意に眠気と疲労に襲われる。今は何時だろう。

紹惟はまだ起きているだろうか。今日はこのまま、眠るだけになるかもしれない。身体の隅々まで洗いつつ、失望する心の準備もしておく。そうすれば、必要以上には傷つかない。

それでも念のためと、ソロソロと後ろの窄《すぼ》まりに手を伸ばしかけた時、脱衣所で物音がしたかと思うと、いきなりバスルームに紹惟が侵入してきた。

「ちょっ……声くらいかけろよ」

慌てて手を引っ込めて、永利は文句を言った。紹惟はもちろん裸だった。非の打ちどころのない逞しい肢体に、見入りそうになって目を逸《そ》らす。目の端に、半ば勃《た》ちかけた男の性器が目に入った。

「俺がいるのに、自分で慰めるつもりだったのか？」

永利が後ろの準備をしようとしていたと、気づいているのだろう、紹惟は意地悪く揶揄《やゆ》するように言って、後ろから永利の背中を抱きしめた。露骨にぐりぐりと、永利の尻の間に性器を押し付ける。

「いきなり入ってくるなって。親しき仲にも礼儀ありだぞ」

「お前が遅いのが悪い」

言うなり、紹惟は永利の顎を取り、背後から強引にキスをした。窮屈な体勢に永利は身を捩《よじ》り、向かい合わせになって口づけを受け入れる。

「んっ……」

キスの間に、シャワーのノズルを奪われた。背中から尻へゆっくりお湯がかけられ、男の指が無遠慮に窄まりに潜り込んでくる。

太く長い指は強引だが、決して永利の身体を傷つけない。永利の身体の何もかもを知り尽くした指だ。

「あ、う……」

襞を割って異物が入り込む感覚に、永利は身をすくめた。震える永利の耳朶に、男が甘く歯を立てる。

「二週間ぶりだっていうのに、ずいぶん柔らかいじゃないか。また男を咥《くわ》え込んでたのか」

（咥えてねーよ）

あんたじゃあるまいし、と口にしたくなるのを、すんでのところで飲み込んだ。後ろが柔らかいのは、自慰の時も後ろをいじる癖がついてしまったからだ。

永利のこの身体は、紹惟しか知らない。

そう言ったら、間違いなく驚かれるだろう。信じてもらえないかもしれない。紹惟は、永利がたくさんの男と気ままに関係を楽しんでいると思い込んでいる。

そう思わせるよう、こちらが仕向けた。

だって、不公平じゃないか。自分ばかりが一途《いちず》に紹惟を好きでいるなんて。どんなに真剣に彼を愛しても、紹惟は同じ愛を返してはくれない。

「あんたこそ、元嫁とはいえ人妻と不倫なんて、今どきリスク高いんじゃないの」

杏樹子のことを匂わせると、紹惟はふふっと楽しそうに笑った。

「旦那とは先月、離婚したんだそうだ。今は子供たちと東京《とうきょう》に戻ってる」

だから、不倫ではないと言いたいのだろうか。

はっきりとは言わなかったが、彼が元妻とよりを戻したとしても、あるいは戯れに身体を重ねるだけの関係でも、何ら不思議はなかった。

仕事相手、スタジオのスタッフ、誰としていても驚かない。紹惟はそういう男だ。

周りが彼を放っておかない、というのもあるが、相手と寝ることで仕事が潤滑に進むなら、あるいは互いに互いを高め合い、より良い作品が生み出せるなら、それも作品作りの一環だというのが紹惟のスタンスだ。

その代わり、仕事に支障がある相手とは絶対に寝ない。いっそ潔いくらいだ。しかし、一般的な倫理観に照らせば、紹惟はヤリチンのクズである。

「離婚はまだ公表されてないんだろ。不倫扱いされるぞ。いくら後から、籍を抜いてたって言っても……」

「もう黙れ」

男は唸《うな》り、嚙《か》みつくようなキスをされた。

「二週間ぶりだっていうのに、余計な話をするな」

「あんたなあ」

偉そうな男の言葉に呆《あき》れ、浮かれた。横暴だ、勝手だ。でも永利は、そんな男が好きだった。

もう十年も、永利は紹惟に恋している。

瀬戸永利は俳優で、モデルだ。これに、元子役、元アイドルという肩書がつく。アイドルを辞めてからCDを二枚出したので、プロフィールに歌手、と付け加えられることもあった。

ゼロ歳からモデルをはじめて、芸歴が年の数になる。それほど長く芸能界に身を置いているにもかかわらず、二十代のはじめまでパッとしなかった。

この顔と名前が全国区で知られるようになったのは、二十代の終わりからだ。

それ以前は「瀬戸永利」という名前をどこかで聞いたことはあっても、永利の顔と結びつかない人が多かっただろう。ＣＭや雑誌などで顔は見かけるが、名前が一致しない。そんな芸能人の一人だった。

永利はこの年になるまで、「瀬戸永利」という名前より、「氏家紹惟のミューズ」として知られていた。

芸能界や時事ネタに詳しくない人でも、「氏家紹惟」と「ミューズ」は知っている。

永利が「ミューズ」になるずっと以前から、氏家紹惟は有名で売れっ子で、天才と呼ばれていた。今もそれは変わらない。

写真家として売れに売れ、それに付随するビジネスでひと財産築き、さらにそれを資産運用して、都心の高級住宅地に大きなスタジオ兼自宅を構えている。

今日日《きょうび》は大御所の写真家だって悠々自適とはいかないのに、彼だけは景気もどこ吹く風、相変わらず売れっ子の天才写真家様だ。

若い頃に苦労したという話も聞かない。

写真とは無関係の一流私大を中退して渡米、アメリカの写真家に師事し、二十歳そこそこでニューヨーク現代美術館のキュレーターの目に留まった。その実績を引っ提げて日本に戻り、最初の写真集『ミューズ』がいきなり売れた。それからずっと、第一線で活躍している。

実家は法曹界では有名らしく、祖父は元弁護士で政治家、父は元検事長で、兄弟や親戚にも弁護士やら検事やら裁判官だかがゴロゴロしているという。何もかもできすぎている。

紹惟と永利のプロフィールを並べて比べたら、いかにこの世が不公平かわかるだろう。

永利の人生の前半は、散々だった。物心ついた時からすでに、モデルの仕事が日常だった。

母親はいわゆるステージママで、永利を有名にすることだけを生きがいにしていた。とにかく、芸能界のことしか考えていなかった。

父親は中堅企業のサラリーマンだったそうだが、そんな妻に愛想をつかしたのか、永利が幼稚園の時、気づいたらいなくなっていた。今は別の女性と家庭を持っているそうで、永利は父の顔どころか、名前もろくに覚えていない。

幼い頃から母に言われるまま仕事をした。自分の意志などなく、友達もいなかった。

中学に上がる直前、オーディションを経て有名なアイドル事務所に入所した。母親としては、これで永利が国民的アイドルになると皮算用していたはずだ。オーディションに受かった時、彼女は気が触れたように喜んでいた。

でももちろん、アイドルとして売れるのはほんの一握りだ。永利は残りの塵《ちり》あくただった。高校に進学してすぐ、アイドルグループのメンバーとしてデビューしたものの、知名度はないに等しかった。

子役からも上手《うま》く抜けられず、半端に芸能界の水に浸《つ》かっていたから、初々しさもない。女性と間違えられるほど中性的な容姿は、ファッションモデルとしても浮いていたらしく、十代の後半は永利の芸能活動の暗黒期だった。

それでもアイドル事務所に入ってよかったと思ったのは、タレントに対するケアが他所《よそ》と比べても特に手厚かった点だ。

社長をはじめ、永利たちのグループのマネージャーや事務所スタッフは、多くの「児童」たちを預かる企業として、永利の進学や将来について、学校より親身になってくれた。

いつまでも子供にべったりな母親と時間をかけて離れることができたのも、事務所の配慮のおかげだ。

母親とは、それなりにすったもんだあったが、おかげで成人と同時にすっぱり縁を切ることができた。

永利のグループはその後も人気が出ることはなく、一人抜け二人抜け、十二人いたメンバーはいつの間にか半分以下に減っていた。残ったメンバーもそれぞれ、モデルや歌手、俳優として細々とソロ活動を続け、グループは開店休業状態である。

母と決別した後も永利が芸能界に残ったのは、他にできることがなかったからだ。自分で望んだ仕事ではなかったが、他に世界を知らない。バイト経験もなく、一般人になってまともな仕事ができる自信がない。

かといって、この世界で何をやりたいわけでもない。どっちつかずで向上心もないから、売れるはずもない。

できれば、事務所スタッフとして雇ってもらえないかと考えていたが、事務作業やマネジメントができるわけでもない。

顔だけは綺麗だと褒められる。けれども、あまり平均的でない風貌は、使いどころが少ないという。その美貌だって、今のうちだけだ。

ないないづくしで、これからどうやって生きていこうか、考えあぐねていた。

紹惟と出会ったのは、そんな時だ。永利は二十二歳になっていた。

出会いはまったくの偶然だった。ある時、紹惟が永利の所属事務所にやってきたのだ。

彼は仕事の打ち合わせで事務所を訪れ、永利はたまたま同じ日、同じ時間に事務所に呼び出されていた。

社長とマネージャーと、今後のことを話し合うためだ。アイドルグループは解体の危機にあり、いつなくなってもおかしくなかった。永利はソロではほとんど仕事がない。

マネージャーからも、何度か今後どうするつもりなのか、将来のビジョンはあるのかと聞かれていた。年を取れば取るほどつぶしが利かなくなるとか、それとなく引退を勧められていた。

そろそろクビを宣告されるのか。いきなり契約解除とはいかなくても、金を生まないタレントをいつまでも飼ってはいられないから、歩合制になるかもしれない。

そうしたらアルバイトでもしなければ、今のままでは生活できないだろう。自分に何ができるのかと、憂鬱な気持ちで事務所に向かったのを覚えている。

実際、社長とマネージャーはあの日、永利に引退か歩合制の話をするつもりだったはずだ。社長が売れないアイドルと個人面談する要件と言ったら、それくらいしか思いつかない。

たまたま紹惟と出会い、その直後に不測の事態が起こらなければ、永利は二十二歳で芸能界から消えていた。

人生、本当に何が起こるかわからないものだ。

その日、永利が呼び出された時間に事務所へ到着すると、マネージャーと社長は不在だった。まだ、それぞれの仕事先から戻ってきていないのだという。

『ごめん、もうすぐ戻る。第四応接室を取ってあるから、先に入ってて』

マネージャーに連絡すると、そんな返事があった。遅刻がわかっているのに事前に連絡がない。この時点で、永利の事務所での立場がわかろうというものだ。

どうせ自分なんて、とやさぐれた気持ちで第四応接室に入った。事務用テーブルと椅子が四脚据えられただけの狭い部屋だ。

一番入り口に近い席に座り、ソワソワしながら社長とマネージャーを待った。

ほどなくして、ノックと同時にドアが開いたが、現れたのはマネージャーでも社長でもなかった。

見たことのない男だ。びっくりするくらい美形の男。

かなりの長身だというのは、戸口に立った時点でわかった。髪も瞳も、墨を塗ったように黒い。染めているのだろうか。ここまで黒いのは、日本人でも珍しい。

年の頃は三十手前と言ったところか。顔に見覚えはないが、モデルだろうなとその長身からあたりをつけた。

顔の造作はもとより、しなやかで均整の取れた体躯《たいく》も、とても素人とは思えない。それに何より堂々としていて、この事務所の所属タレントの誰よりも存在感があった。

「失礼」

椅子から腰を浮かせた永利を見て、男が小さく小首を傾《かし》げた。

「君は、梅田誠一《うめだせいいち》君じゃないよな？」

とんでもない、と永利は慌てて首を横に振った。梅田誠一というのは、永利の二つ下の後輩だ。

後輩なのに、実力も知名度も永利と天と地ほど離れていて、この一年でめきめきと頭角を現しはじめた、事務所も期待の大型新人である。

そんな売れっ子と間違えられるなんて、恐れ多い。

「ここは、第三応接室じゃ……」

ドアのプレートを確認して、男は間違いに気づいたらしい。永利も合点がいった。

「あ、第三はこのフロアの一つ上の階なんです。わかりづらくてすみません」

応接室は第一と第二、と並び、その隣がこの第四になる。第三だけ上の階だ。だったら四を三にすればいいのに、と事務所の誰もが一度は考える。しかし、永利が入所した当時からずっと変わらない。

「そうか、ありがとう」

男は丁寧に言い、小さく微笑んだ。ほんのちょっと表情を変えただけだったが、心臓をわしづかみにされたのかと思うほど、甘く魅力的だった。

（モデルって、すごいな）

ドアが閉められ、永利はドキドキしながら腰を下ろす。それからほんのしばらく……十秒か二十秒して再び、今度はノックもなくドアが開いた。

また、先ほどの男だった。永利は、第三応接室の場所がわからないのだと思い、席を立った。

「上まで、ご案内しましょうか」

どうせ社長もマネージャーも、すぐには来ないのだ。客の一人案内しても、咎《とが》められないだろう。

そう思い、立ち上がってひょいと近づく。男は一瞬、驚いたように目を瞠《みは》った。

そのままじっと永利を見つめる。あまりに長いこと黙って見つめているから、何か気を悪くしたのだろうかと不安になった。

いきなり距離を詰めすぎたのが悪かったのか。馴《な》れ馴れしく見えたか？

「あの……」

「身が軽い。動きが綺麗だ。バレエかダンスでもやっていたのか」

恐る恐る声をかけようとした時、相手がようやく口を開いた。思ってもみない言葉に、永利はへどもどする。

「あ、えっと、バレエは子供の頃に少し。いちおうアイドルなんで、ダンスもやります。といっても最近はほとんど踊ってないんですけど。モデルの仕事の方が多くて」

「モデルか、どうりで。肌も綺麗だな。メンズ、いやレディースか？　肌は特別な手入れでもしてるのか。年はいくつ？」

「えっ？　あ、先月、二十二になりました」

矢継ぎ早に質問され、何から答えていいのかわからず、とりあえず年齢を答えた。残りも答えた方がいいか迷っていたが、男が重ねて尋ねることはなかった。

「二十二。思ってたより年がいってるな」

男は独り言のようにつぶやく。黒い瞳は永利を見据えたままだ。

（トウが立ってて悪かったな）

悪いと言われたわけではないが、売れっ子の梅田誠一と比べられた気がして面白くなかった。ムッとして、自分でも知らないうちに相手を睨《にら》んでいたらしい。

男はまたわずかに目を見開き、まじまじと永利を見た。上から下まで、念入りに。かと思うと、永利が何か面白いことでもしたかのように、ふっと笑った。

「俺は氏家紹惟という。君の名前を教えてもらってもいいか」

どこかで聞いたような名前だ。「ウジイエショウイ」という名前を頭の中で転がしながら、

「瀬戸永利といいます。『XY—AB』というグループのメンバーです」

オーディションで名乗る時のように、折り目正しく名乗りを上げた。

残念ながら、永利の名もグループ名も紹惟という男の知るところではなかったらしい。ふうん、と聞き慣れない名前を聞いたかのように首を傾げられた。

「セトエイリ、か。わかった」

何がわかったのだろう。しかし紹惟は永利から視線を外すと、それきり目を合わせずに身を翻した。

「では失礼」

現れた時と同じく、唐突に去っていく。態度は偉そうなのに、失礼、などと声をかけて去るところが妙に紳士的だった。

応接室はまた永利だけになり、それからしばらく、社長もマネージャーも現れなかった。ずいぶん待たされて、もう帰ろうかな、とうんざりしていた頃、ようやく二人が慌ただしくやってきた。

その時にはもうすでに、永利の運命は本人のあずかり知らぬところで、大きく変わっていたのである。


「そうか。氏家紹惟って、あの『ミューズ』の人ですよね」

テーブルに置かれた名刺をまじまじと見て、永利は言った。

名刺は永利に与えられたものではないようで、女性マネージャーは永利に見せるとすぐさまそれを取り上げ、大事そうに自分の名刺入れにしまった。

「そうそう、ミューズの人。石鹸《せっけん》じゃないぞ」

社長がつまらないことを言う。この人が冗談を言っているのを、久しぶりに聞いた。というか、面と向かって言葉を交わすのも数年ぶりだ。

社長とマネージャーが第四応接室に現れるとすぐ、永利は上の階にある第三応接室に連れていかれた。紹惟が探していた場所だ。

けれど彼の姿は、もうそこになかった。用事があって帰ったのだそうだ。

会議用の事務デスクがコの字型に並べられた広い部屋には、事務所側の人間が数名と、見知らぬ三十代くらいの男女二人がいた。

永利がわけも聞かされないまま席に座らされる間に、見覚えのある男性が退席した。それが梅田誠一のマネージャーだと、彼がいなくなってから気づく。去り際、なぜか強く睨まれて、その時は理由がわからず戸惑った。

永利を座らせると、社長と永利のマネージャーが事の次第を説明してくれた。

先ほど永利の前に現れた、恐ろしく迫力のある男は、モデルではなく写真家だった。

その写真家、氏家紹惟という男が、ぜひ瀬戸永利をモデルに起用したいと言い出したのだ。瀬戸永利でなければ撮らない、とさえ言ったとか。

「すごいわよ。チャンスよ、永利君。あの氏家紹惟に見初められたんだから」

マネージャーが興奮ぎみに詰め寄ったが、永利は戸惑っていた。

氏家紹惟という名前は知っている。名前を聞いた時は字面と語感が一致しなかったが、名刺を見てすぐ思い出した。

氏家紹惟。今、売れに売れている写真家だ。

今から十年近く前、『ミューズ』という彼の初めての写真集がミリオンヒットを飛ばした。写真集が売れないこの時代に、異例の出来事だ。

『ミューズ』が女性のヌード写真集だったこと、モデルが氏家紹惟の当時の妻だったこともあって、マスコミが時折、下品な煽《あお》りを入れることもあったが、海外の有名美術館のキュレーターや著名な写真家が賞賛し、海外メディアでも取り上げられた。

おかげで日本での氏家紹惟は、「天才」「鬼才」と惹句《じゃっく》がつく写真家になっている。

紹惟はそれから数年間、当時の妻を撮り続けた。ヌードではない写真集も出して、それもかなり売れたと聞く。

離婚と同時に被写体が別の女性に変わり、誰が言ったか、新しいモデルは「二代目ミューズ」と呼ばれるようになった。その後、別れた妻も「初代ミューズ」とあだ名が付いている。

数年して被写体はまた別の女性に代替わりし、そちらは三代目と名が付いた。

二代目、三代目ミューズのヌード写真集には、「ミューズ」とまったく関係ないタイトルが付けられていたにもかかわらず、彼女たちを被写体とした写真作品はすべて、「ミューズシリーズ」と呼ばれるようになったとか。

「で、次の四代目ミューズに、ぜひ永利君をってことなの。初の男性ミューズよ。……男性の場合、ミューズって言わないのかしら」

マネージャーが捲《まく》し立てるのに、社長が「落ち着いて」と苦笑する。永利はただただ、呆然《ぼうぜん》としていた。

「……ヌードモデル、ってことですか」

氏家紹惟の「ミューズ」イコール、ヌードというイメージがあった。永利だけでなく、多くの人がそうしたイメージを持っているだろう。

「まだ細かいことは決まっていませんし、先生次第ですが。当然、ヌードもあると思います」

見知らぬ三十代の男女のうち、男性の方が答えた。改めまして、と名刺を渡してくれる。マネージャーに捲し立てられるばかりで、まだ挨拶もそこそこだったのだ。

男性は相沢《あいざわ》といい、「氏家紹惟スタジオ」の「チーフアシスタント」とあった。

「最初にご説明しておきますと、ミューズシリーズとか、何代目ミューズというのは、マスコミが言い始めたことで、公式の名称ではないんです。もっとも先生も、『ミューズと名前を付けた方が売れる』、と仰《おっしゃ》って、そうしたネーミングを利用しているようですが」

「氏家先生は、ビジネスの手腕もおありのようですね」

相沢の説明に、社長がまんざらお世辞でもない口調で言った。

「ご存知の通り、氏家先生は同じモデルを数年に亙《わた》って起用し続けています。これ、と思った被写体は、飽きるまで撮り続けたいそうで」

相沢が発した、飽きるまで、というフレーズに、永利はどきりとした。

飽きるという言い方は悪いが、とにかく納得がいくまで、同じ被写体で作品を撮り続けるのが性分らしい。

二代目ミューズ……と、便宜上呼ぶが……をモデルに起用してからは、写真だけでなく映像作品も手掛けるようになり、映像のいくつかは企業と契約し、コマーシャルに使われている。

また、氏家紹惟の「ミューズシリーズ」は年を追うごとに認知度を上げており、実質的に「ミューズ」というブランドとなっていた。

そしてこのブランド力が、紹惟が世に送る作品がいずれも認知度を上げ、紹惟の写真家としての価値を高める、ある種のビジネスモデルを構築することに成功していた。

紹惟に優秀なブレーンが付いているのか、本人が考えているのかは不明だが、恐らくこうしたブランド展開は意図的に行われたものだろう。そうでなければ、いくら実力のある写真家でも、短期間でこれほど有名にならないし、利益を上げることもない。

それくらいは、永利にもわかる。社長が、ビジネスの手腕があると褒めたところを見ると、ブレーンは紹惟自身なのかもしれない。

その戦略的売れっ子の氏家紹惟は今、四代目ミューズとなる新たなモデルを探している。

「四人目ともなると、さすがにマンネリ化してしまう。ここで一つ、企画を刷新しようということになったんです。写真集だけでなく、一つのプロジェクトとして、写真集や映像作品を撮ってまとめて発表しようって話が出たんですよね。企業とも最初からタイアップして」

同席していた事務所の女性役員の言葉に、相沢とその隣の女性も同時にうなずく。

「はい。そのタイアップ企業の一つが、Ｚドリンクさんなんです。それから氏家先生が、女性が三人続いたから、次は男性を撮りたいと仰って……」

「で、話を聞いた私が、うちのタレントを起用してもらえないかって売り込んだんだよ」

相沢の説明を、社長が引き取る。それでようやく、永利にも話が見えてきた。

大手飲料メーカーのＺドリンクは長年、テレビＣＭの出稿料で上位にいる大手広告主である。永利の事務所の会長は、Ｚドリンクの会長と古くから懇意で、そのおかげで今回、四代目ミューズの情報を摑《つか》んだのだ。

そして恐らく、社長は人気上昇中の梅田誠一を起用するよう、売り込んだのだろう。今日はその顔合わせだか何かがあって、この第三応接室にいる面々はそのためのメンバーだった。

ところがどういう気まぐれか、氏家紹惟は事務所が推すタレントではなく、クビ寸前の落ち目アイドルに目を付けたのだった。

先ほど、永利と入れ違いに去った梅田誠一のマネージャーに睨まれたが、事情を知れば無理もないことだ。

「先生が応接室を間違えたそうだが、これも縁……いや運命ってやつだよ」

社長が嬉《うれ》しそうに言う。マネージャーは興奮が極まって涙ぐんでいた。永利はまだ、戸惑っている。

「それで、どうかな。瀬戸永利君」

相沢が、そんな温度差に気づいて、気遣うような視線を永利に向けた。

「先生はどうしても君を起用したいと言ってるんだ。ヌードというと躊躇《ちゅうちょ》するかもしれないけど、モデルさんの意志はできる限り尊重する。検討してもらえないかな」

「もちろん、受けるわよね」

永利がうなずくより早く、マネージャーが言葉を被《かぶ》せてくる。彼女はもとより、社長や役員、事務所側の誰もが、永利に期待のこもった眼差《まなざ》しを向けていた。

売れないアイドルが大抜擢《だいばってき》されたのだ。断る、などという選択肢は最初から想像もしていないに違いない。

考えさせてください、という言葉を、永利はすんでのところで飲み込んだ。

永利自身、断る理由はないと思う。

ヌードと言っても自分は男だし、セミヌードならきわどいショットも何度となく撮られてきた。そもそも、自分の意志で仕事を選んだことはない。

にもかかわらず、素直にうなずけなかった。自分でも不思議だ。話があまりに唐突で、大きすぎるせいだろうか。

ぼんやりこの業界で生きてきて、いつかの成功を夢見ることもあった。チャンスが来れば逃さず摑むつもりでいたし、もらう仕事にはいつだって、無駄だと思いながら一抹の期待を寄せていた。

なのに今、降って湧いた幸運を素直に喜べずにいる。

自分を奈落の底から引き上げる手が、氏家紹惟の……あの美しい男のものだからだ。

あの時、自分をじっと見据える黒い瞳に、飲み込まれてしまいそうだと思った。

彼に丸ごと飲み込まれたら、彼の中でぐちゃぐちゃになってしまう。平凡な自分なんて、跡形も残らない。

紹惟と出会った瞬間に生まれた、不穏で漠然としたイメージが、頭にこびりついて離れなかった。


氏家紹惟のミューズが有名なのには、もう一つ理由がある。

それは、彼に見出《みいだ》されたミューズたちが皆、最初は無名だったこと。そして紹惟に起用されるや、文字通り花が咲くように才能を開花させ、ミューズでなくなった後も、それぞれの世界の第一線で活躍しているからだ。

初代ミューズは売れない女優だったが、今はハリウッドにまで進出し、アメリカに拠点を置いて活躍している。

二代目は歌手志望で、ミューズとなって志望とは違うモデル畑で活躍した後、歌手としてデビューした。デビュー直後にいきなりシングルがヒットを飛ばし、その年の紅白に出場、今もＣＭ曲やドラマの主題歌に引っ張りだこだ。

三代目はモデルの杏樹子だ。ティーン雑誌のモデルから始まり、一時はそれなりに人気だったが、ミューズに選ばれた時は完全な落ち目だった。それが再び花開き、今はモデルだけでなく女優としても活躍している。

紹惟に、被写体の隠れた才能を見抜く目があるのか、紹惟のミューズという知名度があったから成功したのか、定かではない。

ただ、三代目からは明らかに、この成功の方程式がマスコミでも取り上げられるようになり、杏樹子には「三代目のシンデレラガール」などという煽りがついたこともあった。

「このセオリーからすると、四代目も無名か、新人が望ましいということになる。その点、梅田誠一はすでに名前が売れていたからな。イメージとは違うし、正直に言うと、話をもらった時からあまり、乗り気じゃなかったんだ」

向かいの席で紹惟が言い、大ぶりのマグカップに口を付けた。コーヒーを飲む姿も美しい。何をやっても様になる男だ。

そうですか、と永利は適当な相槌《あいづち》を打った。永利の前にも、香り高いコーヒーが出されていたが、緊張のあまりうまくカップを持つことができない。

今日は氏家紹惟との、正式な顔合わせだった。今回は永利の事務所ではなく、白金台にある紹惟の自宅兼スタジオでだ。

ついこ最近完成したばかりだという白亜の建物は、家主のようにすっきりとしていて美しい。しかしながら、通された一階奥のフロアが広すぎて、どうにも落ち着かないのだった。

学校の教室が二つは入る広さで、フロアの一面には大きく窓が取られている。おまけに吹き抜けのおかげで、余計に部屋が広く見えた。リビングとキッチンダイニング、それにお洒落《しやれ》なミーティングテーブルが配置され、ここで仕事の打ち合わせや、時には撮影も行われるのだそうだ。

永利はマネージャーと共に、窓とは反対側の壁に据えられたミーティングテーブルに座っている。向かいには紹惟と、先日も事務所で顔を合わせた、チーフアシスタントの相沢が同席していた。

初めて紹惟と出会ってから、一週間。

あの日、永利は結局、周りの期待を裏切れず、不安な中でミューズの件を承諾した。紹惟と改めて顔合わせをするが、ほぼ永利で決まりらしい。

紹惟が、瀬戸永利でなければ撮らないというのだから、誰も異を唱えることなどできないのだろう。

この一週間は仕事らしい仕事もなく、家でぼんやりと過ごした。マネージャーから、あまり家を出るなと言われたのだ。

不慮の事故やスキャンダルにでも遭ったら大変だから、ということらしい。

もとより、さほど多忙ではない。気ままに遊べるような金もないし、ワンルームマンションに引きこもり、掃除や洗濯、筋トレや読書に勤《いそ》しんでいた。

しかしその間に、事務所内では早くも、永利が次代のミューズに抜擢されたと噂が回っていたらしい。

同じアイドルグループのメンバーからも、電話やSNSで真偽を問われた。梅田誠一と彼のマネージャーが相当ご立腹らしい、というリークももらったが、永利にはどうすることもできない。

永利自身も、これは夢かドッキリかもしれないと思いつつ、一週間を過ごした。

今朝、マンションまで迎えに来たマネージャーが、相変わらず遠足に行く子供みたいにはしゃいでいるのを見て、やっぱり現実なんだなと納得したのだ。

「それでしたら、うちの永利は正真正銘、無名のアイドルですから」

隣でマネージャーが嬉しそうに売り込む。おいおい、と内心でツッコんだが、口に出す勇気はない。

「まったく無名ということはないでしょう。瀬戸さんは、ゼロ歳児の頃からモデルをなさってるんですよね。その後もモデルとしてご活躍されてますし」

相沢もマネージャーの物言いに苦笑しつつ返す。当然相手も、この一週間で永利の経歴を洗ったはずだ。

「相沢から聞いてると思うが、ミューズの話は、マスコミの後付けだ。俺はあくまで自分の撮りたいものを撮っている。被写体の経歴を気にしたことはない」

紹惟が釘《くぎ》を刺すように言ったので、マネージャーもそれ以上、永利の無名ぶりをアピールすることはしなかった。

「今回の企画では、写真集の他に映像を二本、写真集の発売と同時期に開催される写真展の作品を撮り下ろす予定だ。写真集の発売は一年後だが、撮影期間は半年もない。企画の進行によっては、撮影日数にしわ寄せがいくこともある。そうでなくても、俺の撮影は過酷でね。体力勝負なところがある」

「体力でしたら、自信があります」

またしても、マネージャーが売り込みを始めた。

「全国を廻《まわ》って長丁場のライブを行うこともありますし。まだ二十二歳ですからね」

永利があまり、今回の話に乗り気でないことを、彼女もわかっているのだろう。永利が何か余計なことを言わないよう、先回りしているのだと思うが、先ほどの紹惟の言葉は明らかに永利に向けられていたのに、マネージャーが応えるのは逆効果だ。

「そう、それなら体力面は期待できるな」

紹惟は穏やかにうなずいたが、さりげなく相沢に目配せをしているのに、永利は気づいてしまった。マネージャーはしかし、それに気づいた様子もなくニコニコしている。

「では瀬戸さん。今からカメラテストをしたいと思います。いいですか？」

相沢が言い、永利もうなずいた。マネージャーが腰を浮かせると相沢は、

「マネージャーさんは、こちらでお待ちください」

やんわりと引き留める。マネージャーのいないところで、永利と話をしたいということなのだろう。

やはり気づいていないらしいマネージャーに「頑張って！」と励まされ、永利は紹惟と相沢と共に、一階の別室に移動した。

玄関近くにある二十畳ほどの部屋で、奥のフロアに比べれば常識的な広さと言えたが、やはり吹き抜けで天井が高かった。

白に近い灰色の壁と明かり取りの窓、それから部屋の隅に椅子が一脚、置かれている他は、何もない。静謐《せいひつ》な部屋の中に窓から一筋の光が差し込んでいて、まるで礼拝所のようだと、中に入ってまず思った。

「礼拝所みたいだろう」

永利の後から部屋に入った紹惟が、こちらの心を読んだように言った。相沢は中には入ってこず、部屋のドアはそのまま閉められる。部屋には紹惟と永利、二人だけになった。

紹惟はまず、永利を光の当たる場所へ立たせた。それから椅子を部屋の中央へ運び、腰を下

ろす。

「話をしながら撮るから、適当に動いてくれ」

カメラはどこにあるのか、と部屋を探したが、紹惟は尻のポケットからスマートフォンを出して構え始めた。

記念撮影かよ、とあまりの軽装備に呆《あき》れる。それでも、すぐ気を取り直してポーズを作った。

モデル歴は長い。大きな仕事の経験はないが、場数だけは踏んでいる。歌やダンスよりよほど自信があった。

グラビアやファッション誌の仕事を想定し、スマホから撮影音がするたびにポーズを変えてみた。普通のカメラと違ってシャッター速度が緩慢なので、かなり勝手が違う。

三回ほどシャッター音が響いた後で、不意に紹惟がスマホの画面から顔を上げた。

「なるほど。凡庸だな。マネージャーが、売れていないと力んで言うだけある」

クスッ、と馬鹿にしたように笑うのに、永利はカッと顔が熱くなった。

自分が平凡な人間だなんて、永利自身が一番わかっている。取柄は顔だけで、それだけで辛うじてこの業界に引っかかっているようなものだ。

顔は人より整っているが、立ち姿には華がない。歌も踊りも微妙で、演技も一向に上手くならない。

ずっとこの世界で生きてきたけれど、本当は自分は、芸能界なんて華やかな場所にいるべきではないと思う。

「身体も中途半端だな。全体にもう少し筋肉を付けないと。努力するのは嫌いか」

「事務所から、あまり筋肉を付けるなと言われてるんです」

怠け者だと言われたようで、腹が立った。これでも、ボディメイクには人一倍気を遣っているのだ。プロテインを飲むと筋肉が付きすぎるから、運動後のたんぱく質を控えたり、あばらが浮かないギリギリの細さを保つようにしている。

それに、努力なら人一倍してきたつもりだ。ポージングの研究なら、小学生の頃からしている。仕事に関すること以外、何もさせてもらえなかったからだ。

ずっと、仕事だけしてきた。それしかできないから、生き残るために必死だった。

この男は、永利のプロフィールだけ見て、努力をせず顔だけで生き残ってきたとでも思っているのだろうか。

「事務所に言われるままか。自分で考えて行動しない、言われたことしかやらない、売れない奴《やつ》の典型的なパターンだ」

紹惟はなおも言い、意地悪く鼻先で笑う。どうして、そこまで言われなければならないのだろう。永利を選んだのは自分なのに。

腹が立って、相手を睨んでしまった。また、シャッター音が鳴る。

その音に我に返った。ポーズを変えながら、急いで気持ちを切り替える。

（これくらいの嫌味、いつものことだろ）

嫌味なんて言われ慣れている。セクハラにパワハラ、陰湿な嫌がらせ、時には嫌がらせですまない、ひどいことも言われたし、された。そのたびに、何でもないふりをしてやり過ごして来たのだ。

むしろ、こんな嫌味ごときでむきになってしまった自分が不甲斐《ふがい》なかった。

ポーズと共に表情を変える。それから、ふと思い至る。もしかしてこの男は、永利を怒らせたくてわざと嫌味を言ったのだろうか。

だったら怒り顔を作った方がいいのかな、と、相手を睨んでみる。途端に、紹惟はプッと吹き出した。

「大根役者。顔だけ怒っても意味ないぞ」

言いながら笑っている。先ほどの意地悪な口調とは違い、永利の反応を楽しんでいるようだった。やはり、わざと嫌味を言っていたのだ。

「もういい」

笑い顔のまま、紹惟はスマートフォンを持つ手を下ろした。適当に座って、と言われて、永利はその場に胡坐《あぐら》をかいた。

紹惟はスマートフォンを操作して、写真を確認している。何やら機嫌が良さそうで、永利には彼が何を考えているのか、まったく理解できなかった。

「写真、見てみるか」

一通り確認すると、紹惟は言って席を立ち、端末を永利に渡した。そのまま、永利の隣に腰を下ろす。

「スマホなのに、綺麗に撮れるんですね」
おざなりだと思いつつ、画面の中の自分にそんな感想しかなかった。いつもの自分だ。スマホで撮ったとは思えないほど、写真のクオリティは高い、けれど。

「最初の方は別に、見なくていい」
そう言って、紹惟が横から手を出した。スマホの画面をスワイプする。息がかかるくらい顔が近づいて、妙にドキドキしてしまった。

「一番いいのは最後のやつだな。初めて会った時も思ったが、お前は怒った方が艶が出る」
君と呼んでいたのに、いつの間にかお前呼びになっている。男の大きな手が、スマホを持つ自分の手に触れてまたどきりとしたが、最後の写真が画面に出た途端、そんなことはどうでもよくなっていた。

「誰、これ」
いや、自分が映っているのはわかる。どこからどう見ても自分だ。なのに、初めて見る人物のようだった。表情が自分のものとはまるで違う。こんな顔をした覚えがない。

「目力がすごいだろう」

紹惟の声は得意げで、どこかはしゃいでいるようでもあった。ちょっと子供っぽい。

彼の言う通り、こちらを睨む永利の眼差しは、息を呑《の》むほど鮮烈《せんれつ》だった。男性だとわかっているのにどこか女性的で、そこが謎めいて美しい。

そう、綺麗なのだ。画面に映る自分を、素直に賞賛できる。

「……すごい」

永利は素直に感動した。平々凡々とした自分を、こんなふうに撮れるなんて。

「氏家先生は、本当に天才なんですね。素材は俺なのに、機材はスマホだけなのに、こんな写真が撮れるなんて」

プロというだけで、ここまでの写真は撮れないだろう。やはりこの男は天才なのだ。すごいすごい、とうわ言のようにつぶやいていると、ため息とともにスマートフォンを奪われた。

「天然なのか、お前は。素材がお前だから、こうなったんだ。すごいのは俺だけじゃない。俺もすごいけどな」

偉そうに言われて、呆れるよりも笑ってしまった。すごい自信家だ。でも、ハッタリではなくちゃんと実力がある。プロのカメラマンにたくさん撮られてきたけど、誰も今みたいな写真は撮れなかった。

隣の美貌をちらりと見る、男もこちらを見ていた。真っ黒な瞳とぶつかって、心臓が跳ねる。

相手の手が伸びてきて、何の断りもなくさらりと永利の前髪を払ったので、思わず身をすくめてしまった。

それに紹惟は、クスッと笑って目元を和ませる。初めて見る、優しい目だ。永利は見惚《みと》れた。

「さっき、俺の言葉に一瞬怒って、すぐに感情を引っ込めただろう。さらにこちらの意図を察して、怒りの表情を作って見せた。ドヘタだけどな。根性があって、感情を抑える冷静さもある。勘もいい。さっきのマネージャーより、よっぽど察しもいいしな」

褒め言葉のようだが、まったくそうは聞こえなかった。予想通り、「だが」と言葉が続く。

「そのおかげで、お前自身がまったく面白みのない人間になってる。自分を殺して周囲の期待に応える癖がついてるんだ」

それは、その通りだ。物心ついた頃からずっと、大人たちの表情を読み、相手が自分を見てどんな感情を覚えているのか、常に窺《うかが》って生きてきた。

平凡な自分が、自分らしさなんて追求しても、いい仕事ができるわけではない。実際、自分の個性を追求した時期もあったのだ。周りからさんざんダメ出しを食らい、仕事は何一つ上手く行かなくて、諦めてしまった。

「今のお前は、ちょっと見てくれがいいだけのアイドルだ。百人に聞いて、百人がそう言うだろう。だがお前は別に、凡庸なんかじゃない。自分で自分の個性を押し殺しているだけだ。人を惹《ひ》きつける魅力が、すでにお前には備わっている。さっきの写真がその証拠だ」

それは、紹惟の腕がいいからではないかと思ったが、相手の断定的な口調に気圧《けお》されて、異を唱えることができなかった。

「梅田誠一、あれは普通に売れる奴だ。顔も癖がなくて平均的だし、誰が見てもハッとする魅力がある。今が一番いい時期だな。その点、今のお前に、誰にでもわかる魅力はない。強いてあげれば顔だが。それもただ整っているというだけだ。街で会えば目を引くかもしれないが、カメラの向こうから訴えかけてくるような力はない」

褒められているのか、けなされているのかわからない。そうですか、と気のない返事をするしかなかった。

「わからないか？　今のお前には、と言ったんだ。お前のこの」

言いながら紹惟の人差し指が、トン、と永利の胸の真ん中、ちょうど心臓のあたりを押した。

「身体の奥に、本当のお前が隠されてる。自分でも気づいていない。あるいは本当の自分に価値がないと思っている。まだ誰も知らない宝物が、この中に埋まってる。俺は、そういうのが好きなんだ」

好き、という言葉を発した時、紹惟の暗い色の瞳に、きらりと光が閃《ひらめ》いたように見えた。

「すでに掘り出されて、これ以上加工の必要がないくらい綺麗にカットされたダイヤモンドを磨いたって、面白くもなんともないだろう？　みんなが川の底に落ちてるただの石だと思っていたものを、俺が持って帰って密《ひそ》かに削り出すんだ。一番美しく見えるようにカットして、装飾を施して世に出す。みんながお前に驚き、魅了される。そういう仕事がしたい」

男の言葉は早すぎず遅すぎず、興奮しているわけでもなく、淡々と語られる。だがその声の奥には、ふつふつとマグマのように熱が滾《たぎ》っているのが感じられた。

「永利」

不意に名前を呼ばれ、ハッとした。

「お前自身はどうだ。違う自分を見てみたくないか。それとも現状のまま、パッとしないタレント活動を続けるか」

売れるなら、もちろん売れたい。氏家紹惟の「ミューズ」に抜擢されれば、間違いなく今よりは顔も名前も売れるだろう。「ミューズ」という実績があれば、今後の仕事にもプラスになる。

「それはもちろん、俺だってこのまま終わりたくないです。ぜひ、氏家先生とお仕事をさせていただきたいと思っています」

自分でも面白みのない回答だと思うが、気の利いたことが言える性分ではない。

しかし、本心からの言葉だった。今もまだ漠然とした不安を覚えるものの、それに勝る期待と興味がある。

今後にプラスになるという打算だけではなく、もっと紹惟に撮られたいと思った。さっきの写真みたいに、今までと違う自分が見たい。彼の下で、どんなふうに変わるのか。本当の瀬戸永利とやらを見てみたいと思った。

「かなりの数を撮る。当然、拘束時間も長くなる。俺は要求が多いし、仕事をしている間は束縛も強い。中にはパワハラだセクハラだと訴えるモデルもいるが、耐えられるか？」

今からハラスメント宣言か。自己申告するくらいだから、相当酷《ひど》いのかもしれない。永利が一瞬黙ったのを躊躇だと感じたのか、紹惟はさらに畳みかけた。

「過去にミューズと呼ばれた三人の女性モデルは、みんな俺の元妻たちだ。三人目とはまだ、離婚係争中だが。知ってるか」

永利はうなずいて、それから首を横に振った。紹惟がモデルたちと婚姻関係にあった、というのは知っている。周知の事実らしく、ネットの事典サイトにも載っていた。ただ、三人目の妻と離婚係争中だということは知らなかった。

「ずっと一緒に仕事をしていれば、どうしても距離が近くなる。俺もモデルにのめり込むから、余計に。それで過去の三人とは結婚まで行ったんだが、最終的には全員から、あなたにはついて行けないと言われた。もう二度と仕事をしたくないとな」

永利だったら、妻や恋人からそんなことを言われたら辛《つら》いと思うが、紹惟は少しも傷ついてはいないようだった。

四六時中、仕事もプライベートも一緒にいるなら、ぶつかってもおかしくはない。特に紹惟のような、我の強そうなタイプなら、誰とも衝突しない方が不思議だ。

少し考えて、「大丈夫です」と永利はうなずいた。

「大丈夫、とは？」

「これまでさんざん、二度と一緒に仕事をしたくない、という相手と仕事をしてきたんです。尖りに尖りきった個性的な人たちの間を、ヌルヌルっと、ウナギみたいにすり抜けて生きてきたので」

ついでに、パワハラ、セクハラの耐性は人よりあると思う。自慢できることではないが。

永利が自信を込めて言うのに、紹惟は小さく声を立てて笑った。

「自分をウナギに譬《たと》える奴は初めてだな」

ヌルヌルってすごいな、と笑われて、恥ずかしくなった。確かに、ウナギはなかったかもしれない。

「一緒に仕事をしている間は、お前の想像以上に色々あると思う。俺は自分の撮りたいもののためなら、どんなことでもする人間だ。自慢することじゃないし、よく、人格が破綻してると言われる。自分でもそう思うが、改めるつもりはない」

ここまで堂々と、自分の性格に難があると宣言する人は、紹惟の他にいないだろう。しかも、わかっているが改めない、と言い切るところもすごい。

きっと彼は自分に、自分の才能に自信があるのだろう。永利とは正反対だ。

「今回の仕事がすべて終わる頃には、お前もきっと、もう二度と俺と仕事をしたくないと思うだろうな。これから、想像以上のことが起こる。これはただの仕事じゃない。公私のかかわりなく、俺がお前の根底を覆す。その結果、お前自身がどうなるのかわからない。わからないから、その結末を俺も見てみたい」

お前の根底を覆す、だなんて、他の誰が口にしても、笑ってしまうような大言壮語だ。

でも、永利は笑えなかった。笑えないほどの説得力を感じたからだ。

「過酷な仕事になるかもしれない。だが、俺のモデルになったことについて、後悔はさせない。これが終われば、お前は今までとまったく違うステージに立つだろう。俺のミューズだから、というだけじゃない。俺を魅了した才能が表に出るんだ。誰もが無視できない存在になる」

淡々とした語り口の中に、熱が込められている。永利はその言葉を疑うこともせず、まるで巫女《みこ》の宣託を受けるように聞き入っていた。

永利自身、予感があった。きっとこれから自分は、この男に変えられてしまう。過去の自分がどんなものだったか、もう思い出せないくらい大きく、根本的に。

怖いけれど、もはや永利の中にためらいはなかった。この時点ですでに、永利は氏家紹惟という男に魅了されていたからだ。

大口を叩《たた》くこの男の仕事を、もっと見てみたい。この男の手で、自分がどんなふうに変わるのか早く知りたい。

それに、冷たく見える紹惟の美貌が、その時々で微妙に変わるのを、もっと間近で見たい。

写真家の才能に惹かれたのか、大人の色香を放つ美貌の男に惹かれたのか、はっきりとはわからない。

たぶん、両方なのだろう。こんなにも才気に溢《あふ》れ、魅力的な男なのだ。惹かれない方がおかしい。

「……俺、氏家先生について行きます」

彼を離したくない、彼に見放されたくない。まだ出会って二度目だというのに、すでにそんな執着さえ覚える。

「もう、どのみち後がないんです。氏家先生と初めてお会いしたあの日は、たぶん事務所側からクビ宣言されるところだったと思うので」

だから、どこまでもついて行く。ついて行きたい。

迷いがなくなると、自分でも戸惑うほど強く激しい感情がむき出しになった。

よろしくお願いします、と真剣に相手を見据える永利に、紹惟は一瞬、目を瞠る。それからすぐに表情を和ませ、片手を差し出した。

「ついて行く、か。頼もしいな」

握手だと、一拍置いて気づく。永利もおずおずと手を出した。

「これからよろしく、永利」

初めて握った手は、思っていたよりも柔らかく、ひんやりとしていた。

紹惟の自宅で互いの意志を確認した後、永利は紹惟の「次代のミューズ」として正式に採用された。

会社間での契約など、法的な手続きは事務所側が担っていたが、永利もいくつか、主に守秘義務について、誓約書などにサインをさせられた。

マネージャーが永利のスケジュールを調整し、「ミューズ」の仕事に専念できるようにしてくれた。

といっても、もともとクビ寸前で、入っていた仕事など知れていた。そうむずかしいことではなかっただろう。

撮影期間は約半年。その間はスケジュールが許す限り、紹惟の撮影に身体を貸してほしいとのことだった。

映像については早い段階でコンテを切るが、写真をどんなふうに撮るかは、紹惟次第なのだそうだ。

大まかなスケジュールの摺《す》り合わせをし、最初は決まった日に永利が紹惟のスタジオを訪れる予定になっていたのだが、紹惟の「面倒だな」の一言で、すべてが覆った。

「永利。お前、他に大して仕事は入ってないんだろう？　だったら、うちに住め。他の仕事はうちから通えばいい」

　そうすれば、紹惟の好きな時に撮ることができるというのだ。確かにその通りだが、永利のプライベートはないに等しい。

　正直、他人と暮らすなんて気詰まりだ。しかも相手が紹惟だなんて。気を遣うことこの上ないし、二人きりになったら何を話していいやらわからない。

　嫌だなあと思ったが、いつの間にかマネージャーが承諾していて、永利は翌日には最低限の荷物だけ持って、紹惟の家に住み込むことになった。

　撮影では立ち入ることのない自宅の二階が、紹惟の居住空間である。永利にはその二階の、空き部屋の一室が与えられた。

　レンタルでベッドなどの家具が過不足なく設《しつら》えられ、掃除や洗濯は業者がやってくれる。一階のキッチンに行けば食べ物や飲み物がストックされているし、スタッフがいる時は食事を作ったり、ケータリングを頼んだりしてくれた。

　生活に関する一切合切を人に任せ、永利はただ、撮影に集中すればいいだけだ。

　至れり尽くせりの環境なのに、撮影は思っていた以上に辛かった。

　まず、プライベートがない。一階の共有フロアは昼夜を問わず、人の出入りが多い。紹惟は「ミューズ」の撮影以外にも仕事があるから、いつも多忙だ。家にもいたりいなかったりする。

そうした中、紹惟に写真を撮られる以外することのない永利は、身の置き所がなかった。手持ち無沙汰で、最初はスタッフの手伝いをしていたが、紹惟に余計なことをするなと怒られてしまった。

永利を一日中、平気で放置しておくくせに、夜遅くに帰ってきて撮影を始めたりする。かと思うと、朝から叩き起こされ、一日中撮影が続くこともあった。

いつ撮影が始まるのか、始まったらいつ終わるのかわからない。寝ていても起こされるから、気が休まる時がなかった。

「こんなやり方、あるかよ」

理不尽な仕事は過去にもたくさんあったけれど、ここまでオンオフのない仕事は初めてだ。これまで永利が受けた撮影の仕事と言ったら、スケジュールを決めて、ある程度の変更はあるにせよ、セットもあらかじめ決まっていた。

ここまでモデルを拘束するなんて、知らなかった。とはいえもう、後戻りもできない。誰にも愚痴を言えないから、トイレで独りごちるしかない。

ゆっくり休めないから、精神的にも肉体的にも、疲労が蓄積していく。なのにそこまでしても、紹惟は不満なのだった。

「使えないな。まだ、使える写真が一枚もない」

ある朝、ダイニングテーブルで食事を摂《と》っていると、ミーティングスペースから紹惟の声が聞こえてぎくりとした。

今朝も、永利が起きて毎日のトレーニングをしようとしたら、寝室から紹惟が出てきて、今から撮ると言い出した。家の中のあちこちで二時間ほど撮られたかと思うと、「もういい」と放り出された。

「昼からまた撮影するから、そのむくんだ顔をどうにかしておけ」

最後に命令して、さっさと寝室に引っ込んでしまった。顔がむくむのは、紹惟に毎日振り回されてコンディションが整わないからだ。

悔しい気持ちの行き場がなく、家の近所をランニングした。戻って朝食を食べていたら、ミーティングスペースで紹惟とスタッフたちの打ち合わせが始まったのである。

並行するいくつかの仕事の進行確認、スケジュールの摺り合わせが行われるのを、邪魔にならないよう、息をひそめて食事をしていた。

撮影以外では、紹惟はまるで永利など目に入っていないかのようだ。フロアの片隅で永利が食事をしていても、一瞥《いちべつ》もくれずに仕事をする。気を遣うのはこちらだけ。

スタッフたちは暇があれば構ってくれるが、彼らも忙しい。彼らがミーティングスペースで仕事の話をする傍らで、自分だけがモソモソと食事を続けるのは、取り残されたようで寂しく、みじめな気持ちさえした。

早く食べ終えて、自分の部屋に戻りたい。永利が鬱屈とした気分でいる中、ミーティングの議題が永利の撮影に変わる。

進行状況を相沢に聞かれた紹惟は、「まだ、使える写真が一枚もない」と答えたのだった。

「けどそろそろ、内部でサンプルとして回す写真くらいは、ほしいんですけど」

「ないものはない。パッとしない三流アイドルの顔写真なんか、サンプルに回せるか。そんなにサンプルが欲しけりゃ、お前の飼い犬の写真でも出しとけ。そっちの方がまだましだ」

最後の紹惟の言葉に、スタッフたちがためらいがちに笑う。「相沢さんちのワンコ、可愛《かわい》いですよね」と誰かが言っていた。たぶん、紹惟なりのジョークなのだろう。

しかし端《はた》で聞いていた永利にとっては、自分の存在を否定されたようで辛かった。

「……ぐっ」

紹惟の「使えない」という言葉を思い返した時、ずっと我慢してきたものが堰《せき》を切ったように溢れ出した。涙がひとりでにこぼれる。抑えようとすると嗚咽《おえつ》が漏れた。

ダイニングの片隅で肩を震わせる永利に、スタッフたちも気づいたようだ。目配せし合い、誰かが紹惟に口を開きかけ、周りに制止される。余計なことを言うな、ということだろう。

紹惟はちらりとこちらを一瞥し、そこに何も存在しないかのように視線を外した。

「う……うっ」

スタッフたちに憐《あわ》れみの視線を向けられるのも、紹惟に存在を無視されるのも惨めだった。たまらなくなって、永利は食事を中断して自分の部屋に逃げた。螺旋階段を上る途中、紹惟とスタッフたちが何事もなく雑談したり、笑ったりしているのを見て、もっと惨めになった。

自分の部屋に入ると、内側から鍵をかけ、ベッドに潜り込む。子供っぽい行動だと思うが、涙が止まらない。

（パッとしない三流アイドルって、なんだよ）

撮りたいと言ったのは、紹惟ではないか。どうしてあんなふうに言われなくてはならないのか。プライベートもなく、ずっと撮影に付き合っているのに。

（使えないって、何も指示してくれないくせに。ただ撮るだけじゃないか）

紹惟は撮りたい時に適当な場所に永利を連れて来て、決まって「自由に動け」と言う。あとは黙って撮るだけ。動きに不満があるなら言ってくれればいいのに、何も言わない。

（馬鹿にして）

撮影が始まってからずっと我慢していた、紹惟に対する恨みつらみを、それでも口に出す勇気がなくて、心の中で卑屈につぶやく。

連日の寝不足もあって、泣きながらいつの間にか、微睡《まどろ》んでいた。

「ひどい顔だな」

しばらくウトウトした後、布団が剝がされた。声に驚いて跳ね起きる。紹惟がベッドの脇に立ち、呆れ顔で永利を見下ろしていた。

「なんで……鍵かけたのに」

「家主なんだから、鍵を持ってるだろ」

やはり呆れたように言われ、それもそうだと思った。

「泣きべそかいて、そのまま寝たのか。子供か、お前は」

誰のせいだ。ムッとして睨みかけ、急いで目を逸《そ》らした。最初にこの家に来た時も、写真を撮るために挑発された。頭に血が上って睨んだら、相手の思うつぼのような気がしたのだ。

そういう永利の内心を、紹惟は見透かすように薄く笑った。手にしていた上掛けをベッドに放りだすと、くるりと回れ右をして部屋を出て行ってしまう。

ドアは開け放ったまま、階段のある方へ向かったようだ。やがて廊下の先から紹惟の声が聞こえた。

「相沢。この後の仕事はキャンセルだ。今日は一日、家で撮影する」

「ええっ、困りますよ。雑誌の仕事ですよ。ただでさえ後ろが詰まってて……」

「別の日にねじ込め。今日以外なら二十四時間働いてやる。他のスタッフも、今日は帰らせろ」

階下で相沢が何やら言い返す声が聞こえたが、紹惟は最後まで聞かずに永利の部屋に戻ってきた。いつものようにぞんざいな態度で、手招きする。

何ですか、と声には出さず唇だけ動かして尋ねたが、「いいから来い」と鋭く言われ、仕方なくベッドを下りた。

紹惟はそのまま永利を引き連れてバスルームへ向かった。中に入るなり、「脱げ」と言う。続いて自分も着ていたシャツをすっぽり脱ぐから、永利は慌てた。

「え、何」

「お前は、二度繰り返さないと言葉が理解できないのか？　早く脱げ。下着も全部」

「え、やだ」

思わず答えたが、じろりと睨まれて抗《あらが》えなかった。自分でも情けないと思うが、紹惟の眼力は迫力があって恐ろしいのだ。

紹惟は上半身だけ裸になり、ジーンズのまま浴室へ入った。浴槽にお湯を張り、前を隠しながらへっぴり腰で入ってきた永利を、そのまま湯舟に浸けた。

それから紹惟は、シャワーを手にして永利の頭を洗い始めた。まったく意味がわからない。

午前中の予定をキャンセルして、撮影をするのではなかったのか。

「俺は、お前の扱い方を間違えたな」

シャンプーを泡立て、永利の頭皮を丁寧にマッサージしながら、紹惟が言った。洗髪が驚くほど手馴れている。美容師も顔負けだ。

「子供の頃から親に押さえつけられて、やりたいこともできない。自分のやりたいように、自由になりたいんだと思っていたが、見誤った」

低く静かな声が耳に心地よく、湯舟の温度もちょうど良くてうっとりしてしまう。ついさっきまで、布団を被って泣いていたのが嘘《うそ》みたいだった。

「寂しがり屋で、周りにちやほやされたくてたまらない、『構ってちゃん』だった」

「何言って……」

　ムッとして頭を上げる。シャンプーの泡が目にかかり、相手を睨むことができなかった。

「こうして構われて、嬉しいだろう？　しっかりしているように見えて、意外と自立心がない。周りにああしろこうしろって言われないと動けない」

「勝手に決めつけるの、やめてくれませんかね」

　言い返したが、紹惟は小さく笑って永利の目にかかった泡を拭った。母親が子供にするような、優しい手つきだ。永利は一度も、母親からそんなふうにしてもらったことはないが。

「決めつけてるんじゃない。事実を指摘してるだけだ。おい、そろそろ流すから、頭を下げろ」

　ちょうどいい温《ぬく》もりのシャワーが、ゆっくりと頭皮を洗い流す。紹惟の言葉はいちいち腹が立つのに、気持ちよくて怒りきれない。

「別に、それが悪いと言っているわけじゃないさ。決然として見えたのに、意外とお姫様なんだと意外に思っただけだ」

「姫……」

「そう、周りにかしずかれて甘やかされる、お姫様だ」

そんな可愛いタイプじゃないとか、そもそも男だとか、言い返すのも虚しい。

紹惟はそれからしばらく口をつぐんだが、沈黙も心地よく、永利は考えるのを放棄して相手の手に身をゆだねた。

髪を丁寧に洗われて、風呂を出ても紹惟は甲斐甲斐しく永利の世話をした。さすがに身体を拭くのは自分でやったが、そのまま黙っていたら足の先まで丁寧に拭いてくれただろう。

優しくタオルドライされ、どこからか永利に合うサイズのバスローブを持ってきて着せてくれた。手を引かれるようにして一階に下りると、もうスタッフは帰った後で、誰もいなかった。

朝から夜遅くまで誰かがいたから、日中からこんなにフロアががらんとしているのは初めてのことだ。

広くて落ち着かないと思った空間が、今は静寂に満ちていてホッとする。

紹惟はさらに、キッチンでレモネードを作って持ってきた。永利がソファに座ってそれを飲んでいる間に、後ろでドライヤーをかけて髪を乾かしてくれた。

その頃にはもう、永利の身体から余計な力が抜けきっていて、湯上がりの心地よさにぼんやりしてしまっていた。

紹惟はカメラを手にし、そんな永利をしばらく撮影する。

「そのまま、ぼんやりしてろ。何もしなくていい。カメラも意識するな」

いつもよりいくぶん優しい声で言われ、言葉の通りぼんやりした。

人前で泣いたり、紹惟に頭を洗われたりと、普段ないことが立て続けに起こったせいか、今こうしてソファに座っているだけなのに、日常ではない別の場所にいる気分だ。

最初はカメラを意識せずにはいられなかったが、やがて窓の外を眺めたりするうちに、シャッター音が当たり前のものになる。

やがて紹惟はカメラを下ろし、「昼飯にするか」と言った。時計を見ると正午を過ぎている。一時間ほど撮影していたようだった。

バスローブから普段着に着替えて、二人は外にランチを食べに出かけた。

紹惟と二人きりでこんなに長い時間を過ごすのは、撮影以外では初めてだったが、思っていたより気詰まりではなかった。紹惟が話し上手で聞き上手だからかもしれない。

そう、今までぞんざいでおざなりな態度だったのに、今日はやけに話しかけてくる。表情も柔らかいし、たまに腹の立つことを言うが、こちらが反応するのを楽しんでいたりもする。

「なんか今日の先生、変ですよ」

近所のイタリア料理店で食事を終え、家に戻る頃、永利はそんなことを言った。今までだったらとても口にできなかったが、食事をしながら紹惟と話をするうちに、すっかり打ち解けた気持ちになっていた。

「変じゃない。お前の扱い方を変えただけだ。放任主義はやめた。これから撮影期間中は、たっぷり構い倒して甘やかしてやるよ、お姫様」

軽く片目をつぶってみせる。キザったらしいセリフと態度だ。でも、笑えなかった。それどころか、ドキドキしてしまった。

その日は一日、二人きりで家にいたが、言葉通り紹惟は、徹底的に永利を構い倒した。

喉は渇いていないか、腹は減っていないか。見たいテレビはないか。夕食は何が食べたい？

カメラを向ける時も、以前のように自由に動けとは言わない。事細かに指示を出す。それが鬱陶しいと感じるモデルもいるらしいが、永利はむしろホッとした。

写真家によっては、自分の頭で考えないモデルはダメだと言われるかもしれない。

でも永利は、自分の選択や行動に自信が持てなかった。今まで自分で考えてやってきて、何一つ上手くいかなかったし、紹惟から自由に動けと言われて動いても、使える写真がないと言われたのだ。

だから、天才で売れっ子の写真家に指示されると、むしろ迷う必要がなくて安心する。

永利がそうした不安や自信のなさを吐露しても、紹惟は馬鹿にしたり、叱責することなく聞いてくれた。

「自信。そう、お前は自信がないんだな」

紹惟は合点がいったように、永利を見てうなずく。それからくしゃりと、飼い犬を可愛がるように永利の頭を撫《な》でた。

「相手が何を望んでるか、何を選択すればいいのか。一つ成功すれば、何となく次が見えてくる。一つ一つ成功を積み重ねて、それで成功の条件が少しずつわかってくる。今まで見えなかったことが見えたり、気づけるようになるんだ」

紹惟の声はいつものように淡々としていて、少しも説教じみて聞こえない。でも、今まで仕事でもらったどんなアドバイスより、永利の胸に染みた。

永利が何か尋ねると、紹惟はきちんと答えてくれる。無視したり、そんなこと聞くなとは決して言わない。まずは自分で考えろ、とは言われることはあったが、冷たく突き放されることはなかった。

こんなことなら、もっと早くから撮影の時にいろいろ聞けばよかった。でも、紹惟のことが怖くて聞けなかったのだ。そのことを永利が言うと、紹惟は、

「俺がお前に、質問するなと言ったことがあったか?」

永利は少し考えて首を横に振った。

「でも、あれこれ質問したら、相手が気を悪くするんじゃないかって、心配で」

「確かに、いちいち人に聞くな考えろ、という人間もいるけどな。けどとりあえず、聞いてみてもいいんじゃないか。相手がどんな人間なのかわからないんだから。それで仕事やチャンスがふいになるようなら、それはそれまでってことだ」

「そんなあっさり」

それは紹惟だから、売れっ子で今を時めく写真家だから言えることだ。などとは言えずに唇

を噛む。けれど紹惟は、永利の飲み込んだ言葉さえ見透かすように、ふっと笑った。

「そう、あっさりしてる。どんなに必死にしがみついたって、離すまいとしても、摑めない時はあっさり零れ落ちる。泣いても、あの時ああすればよかったと悔やんでも、どうにもならない。だから、そういうもんだと割り切るしかないんだ。で、次に行く。失敗を恐れて何もせず留《とど》まっていることほど、無駄なことはない」

永利はまるで、過去の自分を指摘されたように感じた。必死にしがみついて、失敗したら、ああすればよかったと悔やむ。失敗が怖くて、動くことができない。ぜんぶ永利自身のことだったからだ。

呆然とする永利の頭を、また紹惟がくしゃくしゃと撫でる。励ますように、肩を叩かれた。

「まあ、今回の企画に関しては、お前は何も心配しなくていい。俺がいて、失敗することはあり得ないからな」

すごい自信だ。思わず、何も言わずに相手をまじまじと見てしまった。そんな永利の態度がおかしかったのか、紹惟はにやりと笑った。

「この仕事は必ず成功する。俺と、それからお前がいる限り、絶対に」

ゆるぎない言葉が、永利の心臓をわしづかみにする。この人について行けば大丈夫だと思う。

永利は安堵《あんど》し、高揚する一方、まるで深い穴に落ちていくように、急速に紹惟に惹かれていくのを感じていた。

「永利《えいり》君、しばらく見ないうちに、ずいぶん色っぽい顔するようになったじゃない」

それは紹惟《しょうい》の撮影の合間に入っていた、雑誌の写真撮影でのことだった。

撮影の中盤で、カメラマンからそんなことを言われた。あまり好意的とはいえない声色に、ヘアメイクアーティストに髪型を直してもらっていた永利は、思わずあごを引いて身構えてしまった。

女性ファッション誌ということもあって、若い女性だらけの撮影現場だ。カメラマンだけが四十過ぎの男性で、彼とは以前にも何度か仕事をしたことがあった。

といって、そこまで親しい付き合いというわけではない。今まで良くも悪くもビジネスライクなやり取りしかしてこなかったのに、今日の彼の態度は妙に馴《な》れ馴れしく、視線が粘ついているように感じた。

「メスっぽい顔っていうかさあ。すごくいいよ」

気持ち悪いな、と思ったが、彼の隣にいた撮影アシスタントが「メスっぽい」と、おうむ返しに言って笑ったので、永利も無理やり笑顔を作った。

「確かに、すごく綺麗《きれい》になりましたよね、永利君」

髪を直していたヘアメイクアーティストが、フォローする口調で言う。それを賛同と勘違いしたのか、カメラマンはますます調子に乗った。

「うん。肌ツルツルだよね。天才先生とやりまくってるんじゃないの？」

「な……」

思わずムッとした。天才先生とは、言うまでもなく紹惟のことだろう。紹惟のモデルになっていることを、この男は知っている。

永利の事務所でさえ緘口令《かんこうれい》が敷かれているというのに、なぜ関係ない彼が知っているのか。

何か言おうと永利が口を開いた時、撮影した画像をノートパソコンでチェックしていた編集長がカメラマンに声をかけたので、それ以上セクハラめいたことを言われることはなかった。

ただ撮影の後、カメラマンのいないところでマネージャーに注意された。

「さっき、何か言い返そうとしたでしょう。あれくらいの軽口、さらっと流しなさいよ。前はそうしてたじゃない。今日の永利君、なんか変よ」

自分ではおかしい自覚はなかった。だが言われてみれば確かに、以前の自分だったら、内心ではムッとしても、無理やり笑顔を張り付けて不満を表に出したりはしなかっただろう。

「いや、今日の永利君、私はいいと思いますよ」

話に割って入ったのは、雑誌の編集長だった。近くにいると思わなかったから、永利もマネージャーも驚いた。見かけは女子大生みたいなので、すぐ他のスタッフに紛れてしまうのだ。

「丹波《たんば》さん……さっきのカメラマンさんの言葉はちょっとあれでしたけど、色気が出たのは確かですね。表情も仕草も自然で良かった。いい感じに自己主張があって、とっても魅力的です」

編集長は言って、人差し指と親指でマルを作って見せた。自然だとか、自己主張があるとか、初めて言われる言葉だった。

今日の撮影でも、ことさら自然に振る舞ったつもりはない。むしろ、記事の流れやコンセプトを聞いて、それに合った表情を作ったつもりだ。いつもより演技していたと思う。でも、見る人によっては「自然」と受け取られるのが不思議だった。

「氏家《うじいえ》先生との仕事で、ステップアップしてるのかな」

屈託なく言われ、永利はまたも驚いた。マネージャーも複雑そうな表情をしている。こちらの反応に気づいて、編集長はまたも屈託なく笑った。

「あ、オフレコなのは承知してますから、ご心配なく。ただまあ、人の口に戸は立てられないというか」

カメラマンや雑誌の編集者の間でも、すでに四代目ミューズが噂《うわさ》になっているらしい。

「それだけみんな、氏家先生に興味があるってことですよね。まあだから、今日みたいなやっかみは、これからもっといっぱい増えると思いますよ」

カメラマンのあの絡みは、やっかみだったのか。

「でも、俺はモデルで、丹波さんはカメラマンですけど」

「そういうの関係なく、上に昇ってく人間が無条件に妬ましい、っていう人が大勢いるんですよ。『ギョーカイ』の人は特にそうかもね。ま、私は応援してるから頑張って。それで、超売れ売れになっても一緒に仕事してくださいね」

優しいのか現金なのかわからないセリフに、永利もマネージャーも笑ってしまった。

カメラマンによくわからない絡まれ方はしたものの、撮影は順調に終わったし、編集長から今までにない褒め言葉までもらった。

「これも、氏家先生のおかげかしらね」

さっきはセクハラくらい流せと叱ったのに、マネージャーは上機嫌だ。

「確かに永利君、雰囲気が変わったもの」

それは、永利自身も感じていた。変わったつもりはなかったが、今日、撮影の合間に見せてもらった画像はどれも、以前の自分とは違う、まるで別人のようだと感心した。

紹惟の自宅に居候をして、そろそろひと月が経《た》とうとしている。

そして、甘やかすと宣言してから、紹惟は言葉を違《たが》えることなく永利を構いまくっていた。

最初に髪を洗ってくれたが、以来、洗髪は日課のようになっている。うっとりと相手の手に頭をゆだねる永利を、紹惟はいたずらっぽく「姫」と呼ぶこともあった。

かしずくように永利の世話をする紹惟に、最初は周りのスタッフも何事かと驚いていたが、すぐに「そういう方針」なのだと納得したらしい。

紹惟の撮影が順調なのかどうかはわからないが、もう「使えない」と冷たい言葉を聞くことはなかった。

永利が、悔しさをバネにするタイプではなく、褒めたほうが効率がいいとわかったからだそうだ。確かにそうかもしれない。

決して甘やかすだけではなく、時には叱咤《しった》される。しかしそれも突き放すのではなく、永利を高めるためのものだ。永利はもういじけることはなく、紹惟の言葉に真っすぐついて行った。

この人について行けばいいのだ、という信頼が永利の中に生まれている。

けれどこの頃は、急速に紹惟へと傾いていく自分の気持ちの強さが少し、恐ろしくもあった。

「それで、雰囲気が変わりましたね、って。何度か仕事をしてるけど、あんなふうに声をかけてもらったのは初めてかも」

それでも、家に帰るとその日にあったことを紹惟に報告してしまうくらい、彼に心を開くのを止められなかった。

「確かに、永利は変わったな。ここ半月ばかりで動きも良くなった。もっとも、変わってもらわないと困るんだが」

差し向かいで食事の合間のワインを飲みながら、紹惟が言う。今夜の食事は紹惟が作った。永利が肉が好きだと言ったら、ローストビーフを作ってくれたのだ。

今日はスタッフが皆、早い時間に帰っていて、永利と紹惟の二人きりだった。

スタジオのスケジュールは、半年ほど前から徐々に、「ミューズ」の撮影に専念できるよう整理されていたそうで、朝早くから夜遅くまでスタッフが出入りしていた連日の光景も、今秋に入ってからは鳴りをひそめている。

紹惟が他の仕事でいなくなる時間も、少しずつだが減ってきた。

二人きりになる機会が増え、まるで蜜月の恋人のような時間を、永利はやはり怖いと感じてしまうのだった。

このままずっと紹惟といたら、彼に依存してしまいそうで怖い。今だってじゅうぶん、彼に甘えているのだ。

いつの間にか紹惟に対する敬語が取り払われ、呼び方も「氏家先生」から「紹惟」に変わった。「紹惟先生」と呼んだら、「紹惟でいい」と言われたのだ。

初めて「紹惟」と呼び捨てにした時、自分の声がベタベタと甘ったるくてびっくりした。

それから、なるべく媚《こ》びた声にならないよう気をつけているけれど、最初の頃の遠慮がちだった自分に戻ることはできなかった。

懸命にブレーキをかけようとする自分がいる一方、紹惟に惹《ひ》かれるのも、依存するのも仕方のないことだと諦観する自分もいる。

だって今まで、誰からもこんなふうに大切にされたことがなかった。

恋人ができたことはない。友達と呼べる相手もほとんどいなかった。自分をもっとも慈しんでくれるはずの母親は、永利を自分の虚栄心を埋めるための道具としか思っていなかった。自分のことをずっと惨めに感じていて、でもそのことを誰にも告げたことはない。人に知られれば、もっと惨めになる。

そういう、誰にも打ち明けたことのない孤独と寂しさを、紹惟は見抜いた。

永利が、自由を求めて羽ばたきたいのではなく、大事に家に閉じ込めて可愛《かわい》がってほしい、寂しい生き物だと気づいて、その通りにしたのだ。

これで何も感じるな、変わるなと言う方が無理な話だ。

「食後のコーヒーは？　それとも、もっとワインを飲むか」

柔らかいローストビーフと繊細なスープ、付け合わせのサラダでお腹《なか》がいっぱいになると、タイミングよく紹惟が声をかけてくれる。優秀な執事のようだと、いつも感心した。

「えっと、ワインを飲もうかな。あ、自分で入れるよ。紹惟はどう？　コーヒーがいいなら、淹《い》れるけど」

毎日黙ってかしずかれていたのに、今日に限って気を遣ったのは、そろそろ依存心が肥大しすぎてまずいと思ったからだ。

腰を浮かせかけると、紹惟は「それは俺の仕事だろ」と柔らかく制した。甘く低い声で言われたら、食い下がれなくなる。

ダイニングからソファに移ってもう少し飲むことになり、永利は夕食の後片付けを手伝った。いつもは食べた皿をキッチンに運ぶだけだが、ざっと洗って食洗器に放り込む。

「やけに働き者だな」

せっせと動く永利を、紹惟は少しおかしそうに見下ろす。永利は「だって」と、甘えたように唇を尖《とが》らせかけて、慌てて引っ込めた。

「怖いんだ」

ソファに移って、ワインを飲みながら、永利はぽつりと打ち明けた。

「怖い？」

紹惟はすぐ隣に座っている。こうして隣り合って飲むのは初めてではないが、お互いがくっつくらい近づいても、もう緊張しなくなった。

代わりに、彼の吐息や肌が触れるたび、何かを期待するようなソワソワとした気持ちになる。自分が何を期待しているのか、もう永利は気づいていたが、気づかないふりをしていた。

「怖い。あなたに甘やかされて、俺、どんどん我がままになる」

永利なりに、思い切って吐露したのだが、紹惟はくすりと笑って永利の肩を抱いた。

「なら、俺の目論見《もくろみ》は成功だな。お前はもう少し、我がままになってもいいくらいだ」

「手がつけられないくらい、我がままになったら？」

「その時は、その辺りでやめておけと言ってやるから心配するな」

きっと、紹惟なら言いにくいことも言ってくれるだろう。でも永利が不安に思うのは、そんなことではないのだ。

「このまま、あなたに依存しそうで怖い」

紹惟なしでいられなくなるのが怖い。彼はいつも永利を見てくれる。信じがたいほど細やかに、永利がしてほしいこと、したいことを見抜いて行動してくれる。

これが最初に紹惟の言っていた、モデルとの距離が近くなる、ということなのかもしれない。実際、紹惟ほど永利を理解してくれる人はいないと思う。

けれど彼が自分にかしずき、甲斐甲斐《かいがい》しく世話をするのは、すべて良い作品を撮るためなのだ。仕事を抜きにして、永利に個人的な好意や、まして恋心を抱いているわけではない。

そんなことはわかっている。勘違いするほど純心じゃない。

頭で理解していてなお、紹惟に惹かれるから怖いのだ。

どうしようもないこの感情が、日増しに大きくなっていく。自分でも途方に暮れていた。

何か、何でもいいから安心できる言葉が欲しい。隣にいる紹惟の顔をちらりと窺《うかが》うと、彼は小さく微笑《ほほえ》んで、肩を抱いていた手でポンと軽く永利の頭を叩《たた》いた。

「大丈夫。お前は溺れたりしない。ちゃんと、線引きができるだろ」

紹惟の微笑みはいつも通り、感情の波の見えないフラットなもので、彼が本心からそのセリフを口にしたのか、それとも永利を牽制《けんせい》するためのものだったのか、判断はつかなかった。

永利はしかし、そのセリフに裏切られたような感覚を覚えた。期待していたのは、そんな言葉じゃない。

このまま依存し、もたれかかってもいいと言ってほしかった。このまま紹惟に溺れることを許してほしかったのだ。

（でもそんなの……それこそ、甘えだよな）

紹惟が言うはずがないのに。わかっていたのに期待した。裏切られて、惨めで恨めしい気持ちになっている。

永利は黙ってワインを飲んだ。つまみも食べて、不自然ではないくらい間をあけてから、目を擦《こす》った。涙ぐんでいることを相手に悟らせないように。

目ざとい紹惟なら気づくかもしれないが、その時は永利が誤魔化そうとしていることも、正しく見抜くだろう。

果たして紹惟は、「眠いのか？」とからかうような声で言い、「風呂に入るか」と尋ねた。

それからはいつものように、風呂に入れられて頭を洗われた。ぬるい湯舟に浸り、ゆっくりと丁寧に頭皮をマッサージされる。

日課になっているその行為は、いつも永利の不安や苛立《いらだ》ち、何もかもを解き放ってくれるのに、今日は悲しい気分のままだった。

「終わったぞ。このまま出るか、もう少し浸《つ》かっとくか？」

頭を洗い終えて、紹惟が覗《のぞ》き込んでくる。その美貌を見て、甘ったるい感情と共に、なぜか腹立たしさが湧いてきた。

永利は裸で湯舟に浸かっている。でも紹惟はハーフパンツを穿《は》いたままだ。自分はすべてをさらけ出しているのに、紹惟は肝心の部分を隠している。不公平だ。

「身体《からだ》、洗う」

湯舟からゆっくり身を起こした。裸を目の前に晒《さら》しても、紹惟は視線を外したり、表情を変えたりはしない。逞《たくま》しい裸の胸にどぎまぎするのは、永利の方だ。

「紹惟は、女の人しかだめなの」

そんなはずはない、という確信を込めて、永利は上目遣いに相手を見た。

今までのミューズが女性だったから、紹惟を知る前はストレートだと思っていた。でも、彼のことを知った今は何となくわかる。彼は性別にはこだわらないはずだ。

「……いや」

どうしてそんなことを聞くのか、とは言わなかった。ただ、いつもと違う永利を観察するように、じっと見下ろす。

「やっぱり、バイなんだ」

「さあな。バイとかゲイとか、そういう線引きに興味がない」

紹惟らしいと思った。自分が興味を持つか持たないか、それだけ。他人が定義した性別や性的指向などどうでもいい。そんなところだろう。

永利は断りもなく、紹惟のハーフパンツのゴムに手をかけた。紹惟は咎《とが》めることもなく、その続きをどうするのか、観察し続けている。

このまま、引き下ろせばいいのだろうか。手をかけたものの、永利はそこからどうすればいいのかわからない。

「紹惟としたい」

顔を上げて真っすぐに告げると、初めて相手の瞳が揺れた。

「依存するのが怖いと、言ってなかったか？」

すぐにいいよと言ってくれると思っていたのに、紹惟はこちらの真意を測りかねるといった表情をする。

永利自身も、内心で戸惑っていた。自分が紹惟に何を期待しているのか、気づいていた。

身体も心もぜんぶ欲しい。ひょっとして、もしかしたら、ぜんぶもらえるかもしれない、という期待だ。もちろん、そんなはずはなかった。

さっき、やんわりと突き放されて現実が見えた。直視せざるを得なかった。悲しくて悔しい。

紹惟の心はもらえない。でも身体なら、少しはわけてもらえるのではないか。

一時でもいい、心が一つになれない分、身体だけでもドロドロに交じり合いたい。

「俺は線引きができるって、紹惟が言ったんだろ。それに、もっと我がままを言ってもいいくらいだって」

内心は必死だった。ここで断られたら、立ち直れない気がする。

「紹惟がほしい。紹惟の身体、ちょうだい」

きっと強く相手を睨《にら》んだ。

紹惟が言っていた。相手が何を望んでいるか、何を選択すればいいのか、一つ成功すれば、何となく次が見えてくるのだと。

今日、仕事が一つうまくいった。紹惟だと思ってカメラマンを見た。カメラマンの眼差《まなざ》しが熱くなる時、我に返って冷たくなる時、その時々に合わせて表情を作り、仕草を変えた。

一つ成功したから、自信がついたから、今なんとなく、紹惟が望むことと望まないことが理解できる。

紹惟はたぶん、欲望に忠実な永利が見たいのだ。卑屈になって、縮こまっている永利は見たくない。

何でも言うことを聞くから愛して、と言ったら冷めた視線を返されるだろう。抱かれたいから身体をちょうだい、と言ったらたぶん興味を示してくれる。

「理由なんてどうだっていい。俺が今、あなたに抱かれたいんだ」

正面から相手を見据えながら、これでいいんでしょ、と内心で思った。こういう俺が見たいんでしょう、と。

他人が見たいものを見せるのが自分の商売なら、きっとこの経験を糧に自分は成功できる。唐突に今、そんな確信をした。

でも同時に、そんなことはどうでもいいとも思う。売れるとか売れないとか、この仕事が成功するかどうかさえ、本当は他所事《よそごと》だった。

紹惟がほしい。身体だけではなく、心の一片でもいいから。

必死さを表に出さないよう、瞳を揺らさないようにするのが精いっぱいだった。男臭い美貌が近づいて、軽く永利の唇を啄《ついば》んだ時、びくっと震えてしまった。

こういう行為に慣れていないのが丸わかりだ。面倒な奴《やつ》だと思われただろうか。

不安がよぎったが、紹惟は笑いを含んだ目でこちらを見下ろしているだけだった。

「――いいよ。しよう」

短い、軽快なフレーズと共に、紹惟は永利の腰を抱いて引き寄せた。


「……っ」

唇が触れ合う音と自分の呼吸音が、やけにうるさく聞こえる。

バスルームから紹惟のベッドまで、どうやって移動したのかよく覚えていない。

紹惟はシャワーを浴びる合間に濃厚なキスと愛撫《あいぶ》を施し、永利の理性を蕩《とろ》けさせた。

性交渉をしたことのない永利だが、キスの経験はある。仕事や、戯れで何度か他人と唇を合わせた。

キスは好きではなかった。他人と粘膜を合わせるなんて、気持ちが悪い。

そう思っていたのに、今は紹惟と唇を触れ合わせるたびに、身体中が喜びの声を上げている。

好きな相手とのキスは、こんなにも違うものなのか。

（……そうか。好きなんだ）

ベッドに横たえられ、愛撫されながら、自分の感情に気づく。紹惟に対して覚えるこの切なさや焦燥は、恋なのだ。

「……んぁっ」

不意に後ろの窄《すぼ》まりに触れられて、おかしな声が出た。何かでぬめった指先が、永利のそこをこじ開けようとしている。いや、慣らして広げようとしているのか。

「な……」

紹惟が手にしているプラスチック容器を見て、何それ、と口にしそうになり、慌てて口をつぐんだ。

ローションの容器だ。よく見ればわかる。それくらいの知識はあった。

「きついな。あまり遊んでないのか。……まあ、このひと月はそんな暇もなかったしな」

くちゅくちゅと窄まりに濡《ぬ》れた指を出し入れしながら、紹惟が独り言のようにつぶやく。

紹惟のような経験者には、経験の有無はすぐに見破られてしまうと思っていた。わからないものなのだと、意外に思う。

「あんまり、されたことない」

本当のことを言おうか一瞬迷い、気づくとそんなふうに答えていた。

あまりどころか、誰にも触れられたことはない。でも、いかにも遊び慣れた紹惟の前で、何もかも初めてだと言うのは抵抗があった。

「潔癖っぽいもんな、お姫様」

「……っ。今は、姫とか……あっ」

下半身に甘い快感が走り、言葉の途中で思わず声が上がった。その反応を見て、紹惟がニヤリと笑う。

意地が悪そうで、でもとびきり色っぽい微笑みだった。

「あ、あっ、や……」

ぐりぐりと同じところをいじられて、ひとりでに腰が浮く。そこを突かれるたび、たまらない射精感がこみあげて、永利は身をよじった。

「も、やめ……出ちゃうよ……」

自分では何もしていないのに、呼吸が早くなる。体温も上がっているのがわかった。顔が真っ赤になって、みっともないんじゃないかと不安になる。

「もう、俺はいいから……入れてよ」

懇願するように、紹惟の下腹部を見る。バスルームでは反応のなかったそれは、今は腹につくほど反り返っていた。

男同士がどうするかわかっている。太く逞しいペニスが自分の中に埋め込まれることを想像すると、少し怖かった。

同時に、紹惟ならば下手なことはするまい、という信頼がある。

ここに至るまでも、恥ずかしいことは山ほどされたが、痛いことや不快なことは、何一つなかった。

「――いい顔だ」

ねだっているように聞こえたのだろうか。挑発を受けるように、紹惟が微笑みを浮かべて目を細めた。

「綺麗だ」

甘いささやきに、心臓が跳ねる。快楽に痺《しび》れていた頭が少し冷えて、切なさが戻ってきた。

覆いかぶさってくる男の背に、腕を回す。

ゆっくりと紹惟が入ってきた時、永利は彼の肩越しに見える天井を見上げながら、きっとこの瞬間のことを、一生忘れないだろうと思った。

身体を押し広げられる圧迫感や、耳朶《みみたぶ》にかかる熱い吐息。抱きついた紹惟の首筋から香る、微《かす》かなトワレの匂い。

生まれて初めて経験したこれらの感覚を、自分はきっと、後から何度も思い出す。

「あ、っ」

不思議な高揚の中、奥まで一気に突き立てられる衝撃に、軽い声が漏れた。

「大丈夫か？」

紹惟が顔を上げ、永利を覗き込んでくる。冷静な声だった。肌は汗ばみ、中に埋め込まれたペニスは硬く脈打っている。瞳も艶《なま》めいているけれど、表情はいつもとさほど変わらない。

永利が痛いと言ったら、今すぐにでもやめられそうだった。

自分は生まれて初めての経験に感動すら覚えていたが、紹惟にはもちろん、そんな様子は見受けられない。

紹惟にとってはおそらく、この行為も日常にある出来事の一つに過ぎないのだ。

相手との温度差に気づいて、慄然とした。

気持ちよくて幸せで、いつの間にか紹惟も自分と同じ感覚を共有しているような、勝手な錯覚に陥っていた。

彼にとって永利とのセックスなんて、さほど意味のないことなのに。

「どうした。やめておくか」

永利の様子が変わったのに気づき、心配そうな声音になる。永利は慌てて首を横に振った。今やめたら、二度目はない気がする。少なくとも永利は、さっきみたいに紹惟を誘う勇気はなかった。

「やだ、して。大丈夫だから」

紹惟に抱きついたが、彼はすぐには応じてくれなかった。汗に濡れた永利の額を手のひらで拭い、キスをして、永利の表情を窺う。

「本当に？」

永利は焦《じ》れて、紹惟の腰に足を絡ませた。自分からキスをすると、ようやく相手は小さく笑って行為を再開する。

「嫌な時は嫌って言え。我慢するなよ」

「平気、だから……」

紹惟はゆっくりと腰を使い始めたが、どこか冷めたような声は変わらなかった。

慣れているふりをして、腰を使おうとした……が、失敗した。

「う、んっ」

相手が腰を打ち付けたタイミングと重なって、奥まで一気にペニスを突き立てられ、衝撃に身体が震えた。

「おい、大丈夫か」

紹惟も痛かったのだろう、わずかに顔をしかめている。

「ご、ごめん」

慣れたふりなんてしなければよかった。馬鹿だった。永利はすっかり怖気《おじけ》づいてしまった。

「お前……」

紹惟は何かに気づいたように、永利を見つめた。

「もしかして、初めてか」

ぎくりと身体が強張《こわば》るのを感じた。紹惟にもその振動は伝わっただろう。ふいと正面から視線をそらしたが、相手が驚いて目を見開いているのがわかる。

「女との経験は？」

揶揄《やゆ》するのではなく、医者が患者の容態を確認するように、冷静な声で尋ねた。でも、どんな声音だって聞かれた方は恥ずかしい。

「……ないよ、誰とも。あなたが初めてだよ」

不貞腐れた声が勝手に口から出た。

「馬鹿だな」

ため息とともにそんな声が降ってきて、永利はひやりとした。けれどすぐ、紹惟の手が伸びてきて、永利の頬を撫《な》でる。

「意地っ張り。そんな嘘《うそ》をつくな」

視線を前に戻す。紹惟は優しい目でこちらを見ていた。今まで見たこともないくらい、慈愛に満ちた目だ。

「初めてなら初めてって言え。最初に辛《つら》い思いをしたら、つまらないだろう」

幼い子を諭すような口調だった。甘やかすような声音も混じっている。

永利の嘘に呆《あき》れてはいるが、紹惟は初めてだからと重たがったりしない。むしろ、永利が必死なのがわかって、甘やかそうとしているらしい。

「言えないよ。遊び慣れてる人に、そんなこと」

だから永利も今度は、安心してむくれることができた。拗《す》ねた声で言うと、クスッと笑って唇を啄まれる。

「まあ、慣れてないとは思っていたが。本当にまっさらなんだな」

「そういうの、恥ずかしいんだけど」

軽く睨むと、また笑われる。合間にキスをされた。

永利の身体のこわばりが解けるまで愛撫を繰り返して、ようやく腰を穿《うが》ち始める。

「あ……」

もう見栄を張らなくていいのだ、という安心感とある種の開き直り、それに紹惟の巧みな愛撫によって、身体はすっかり昂《たかぶ》っていた。

大きな性器に貫かれると、今までとは違う感覚を覚える。内壁を擦られるたび、ゾクゾクと強い快感が走り、呼吸が浅くなった。

「んぁっ、あっ」

信じられないくらい気持ちがよくて、ひとりでに声が漏れてしまう。恥ずかしかったが、紹惟は薄く笑ってさらに注挿を激しくした。

せり上がる射精感と共に、なぜか泣きたいような切なさがこみ上げる。

「永利」

少し苦しげに名前を囁《ささや》かれ、胸がいっぱいになった。たまらない気持ちで、紹惟の身体にしがみつく。

「紹惟……っ」

紹惟の愛撫は優しく甘く、永利の身体も心も絡め取る。永利は自分の何もかもを紹惟に捧《ささ》げ、紹惟から同じだけ与えられたいと思った。

彼から与えられるのは身体だけ、心は通わないとわかっていたし、割り切っていたはずなのに、紹惟の残酷な優しさが永利の欲望を助長させる。

お前は溺れたりしない、と紹惟は言った。ちゃんと、線引きができるだろ、と。永利のことを永利よりも理解している彼でも、間違えることがある。

永利はとっくに紹惟に溺れている。線引きなんてできていない。

彼が自分を甘やかすようになってからずっと、こうやって身体を繋《つな》げたいと思っていた。紹惟がかつて妻にしたようなことを、ぜんぶされたい。彼女たちよりもっと愛してほしい。自分だけを愛してほしい。これから一生、永遠に。

「紹惟、紹惟……っ」

激しい絶頂へ上り詰めながら、身体とは裏腹に、心はどこまでも落ちていくようだった。その先に何もないとわかっているのに、自分は身を投げ出して落ちるに身を任せている。意志の力ではどうにもならない感情があるのだと、永利はその日、学んだ。

「あ……あ……っ」

ひときわ強く穿たれ、永利は身をしならせて射精した。我知らず後ろを食い締め、紹惟が軽く顔をしかめて呻《うめ》く。

自分の身体の中で彼が絶頂を迎えるのに、永利はほんの少しだけ思いが報われた気がした。

「永利……」

快楽の余韻に浸り、荒い呼吸を整える中、蠱惑的《こわくてき》な声が囁いた。甘やかな声に、永利はハッとして紹惟を見る。

彼は微笑んで永利にキスをした。事後に恋人たちが交わすような、優しいキスだ。

唇を啄んだ後、顔を上げた紹惟の瞳を永利は見つめる。

紹惟もこちらを見つめ返したが、その黒い瞳は優しくも冷静で、少しの熱も感じられはしなかった。

紹惟のシャンプーが上手なのは、ニューヨークで高名な写真家に師事していた時代の賜物《たまもの》だそうだ。

日本の一流私大を中退後、単身渡米した紹惟は、自分が憧れていた写真家を飛び込みで訪ね、何でもするから弟子にしてくれと頼み込んだのだそうだ。

相手は世界的に有名な写真家だ。大胆というより無謀だろう。

それだけでも驚きのエピソードだが、写真家が紹惟の剛胆さを気に入り、その日のうちに紹惟を自分の家に住まわせたというから、さらに仰天する。

弟子にする条件は、写真家の身の回りの世話をすることだった。

「上手《うま》くいったと思ったが、これがとんでもなくわがままなジジイだった。最初はちょっと後悔したな」

紹惟は昔を懐かしむように語る。

氏家の家は皆、親戚に至るまでが法曹界の人間で、紹惟も生まれた時から当然のように進路を決められていた。法曹界に進まないのなら、医者か官僚にならなければ認めない、という偏った考えの家だ。

紹惟はそうした家風に馴染めなかったという。別の進路を早くから模索し、高校生の時にある一枚の写真に出会い、写真家を志す。彼がニューヨークで師事していたという、写真家の作品だ。

しかし、親に逆らうとまともに養育さえしてもらえなくなるので、両親の望む大学に入るまでは大人しくしていた。

裏で着々と反旗を翻すための準備を進め、大学に入って一年も経たないうちに家を出てアメリカへ渡った。

親からは勘当され、それから紹惟は一度も家に帰っていない。

初めて身体を繋げてから、紹惟はよく自分のことを話すようになった。永利も同じで、二人は以前よりたくさん会話をして、それを楽しんでいる。

会話と同じくらい、身体も重ねた。彼に抱かれない日はないくらいで、撮影が終わるとセックスして、それが終わるとまた写真を撮るような毎日だ。

撮影は順調に進んでいる。ＣＭに使われる映像も撮影はすべて終わり、今は編集段階に入っているそうだ。

気づくと半年あった撮影期間は、もう終わりに近づいていた。

永利はその間、ほとんどの時間を紹惟と過ごした。たまに他の仕事がある時だけ、紹惟と離れている。

ほんの半日か、せいぜい一日くらいのことなのに、紹惟がそばにいないと寂しかった。

家に帰って紹惟が出かけていたりすると、ひどく落ち込む。たまに帰りが深夜に及ぶことがあり、酒気を帯びて戻ってきたり、その逆に素面《しらふ》のまま見知らぬボディソープの匂いを纏《まと》っていたりして、そんな時は胸をかきむしりたいくらい心が乱れた。

表面上は何でもないふりをして、でもほの暗い目をした永利を、紹惟はどう思っているのだろう。

二人とも自分の話をたくさんして、互いに理解し合い、以前より親密になった。

けれど心の距離は、初めて抱かれたあの時から、少しも変わっていないと思う。

紹惟はいつでも、永利を見つめている。永利の心の奥まで見透かすように、鋭い眼差しを向ける。

その熱量は撮影の時も、セックスの時も変わりがない。いつだって真剣だ。

けれどその眼差しを受けるたび、永利はひやりと心の奥が冷たくなる。

紹惟が見つめるのは、もちろん永利を愛しているからではない。ではなんだろうと考えて、永利は彼が、観察しているのだと気がついた。

実験動物を見る、研究者の目だ。栄養たっぷりの餌を与え、環境を整え、少しの変化も見逃すまいとしている。

永利が食事をする時、セックスの後に幸福を感じながら微睡《まどろ》む時、一階のフロアでわざとモデルらしいポーズを取る時……紹惟は永利がもっとも美しい一瞬を、見逃すことなく正確に切り取る。

結局彼は、仕事でも私生活でも、いついかなる時も写真家なのだ。

紹惟が自身の生い立ちや葛藤《かっとう》、誰にも話したことがないというアメリカの写真家とのエピソードを打ち明けるのも、あるいは永利が母との確執を話した時、親身になって慰めてくれたのも、すべては良い作品を作るため。自分の仕事のためだ。

わかっていたけれど、仕事だと割り切るには、紹惟の態度や行動はあまりにも真摯で甘やかで誠実だったから、現実を認めるのは難しく辛かった。

そう、紹惟との蜜月は、甘やかに見えてその実は辛く苦しいものだったのだ。

歴代のミューズたちはみんな最後に、「もう二度と一緒に仕事をしたくない」と紹惟に告げたという。その本当の理由がようやくわかった気がした。

紹惟に惹かれ、自分だけはどんどん深みにはまっていくのに、紹惟は変わらない。

こちらの望む通りに振る舞い、何もかも与えてくれるけれど、心の距離は決して縮まらないのだ。

愛してほしいと頼んだら、愛していると返してくれるだろうか。

もしかしたら、永利の想《おも》いに付き合ってくれるかもしれない。けれど、その場で切り捨てられる可能性もゼロではなかった。

紹惟は芸術家であると同時に、冷徹なビジネスマンだ。損失が仕事の利益を上回る分岐点を、良く見極めている。

どんなに優しくしても、永利が紹惟の望む被写体になれなければ、彼はあっさり永利を見限るだろう。

紹惟がこちらを見つめる黒い瞳は、常にそんな酷薄さを孕《はら》んでいる。

相手に愛がないと痛感しているのに、自分は好きになることをやめられない。それどころか、どこまでも深みにはまっていく。

もうすぐ、撮影が終わる。同時に紹惟との甘く苦しい蜜月も終わり、永利は自分のマンションに戻らなくてはならない。

紹惟と離れて、自分はどうなるのだろう。毎日、気持ちがジェットコースターみたいに浮き沈みして苦しいのに、今の関係が終わることを考えると、絶望にも似た気持ちになる。

どうすれば関係を続けられるだろう。自分はどう動けばいいのか。

撮影の終わりが見え始めてからずっと、永利はそのことを考えていた。

「あれ、永利君は？　お仕事ですか」

残り少ない蜜月の、ある日のことだった。永利は相沢《あいざわ》のそんな声で目を覚ました。

紹惟のベッドの上で、意識を失う前はまだ明るかったのに、今は窓の外が真っ暗だった。

撮影の後、いつものように激しく交わって、気絶するように眠ってしまったのだ。

紹惟は逞しい身体の示す通り、体力に終わりがない。本気で挑まれると、永利の方が先にバテてしまう。

紹惟は基本的には永利のペースに合わせてくれるが、たまに今夜のように、己の欲望のまま激しく抱くこともある。

飢えたように獰猛《どうもう》に貪られる時、普段は冷たい瞳にほんの少し熱がこもる気がして、永利は嬉《うれ》しかった。

相手の激しさに興奮して、自らも求めたのだが、やはり体力が続かなかったらしい。

(俺も、もう少し体力つけないとな)

この半年、紹惟と同じくらい食べて、トレーニングもした。以前は事務所から、強度のトレーニングを止められていた。あばらが浮かない程度の細身を義務付けられていたのだが、それでは細すぎると紹惟に言われたのだ。

身体には無駄のない筋肉が付き、頬の周りも少しふっくらしたけれど、むしろ健康的でバランスが取れている。以前より今の方がいいとマネージャーや事務所の社長からも言われた。

疲れにくくなり、体力もついた。それでも、紹惟の体力には遠く及ばない。体質もあるのだろう。

広いベッドに紹惟の姿はなく、寝室のドアが半開きになっていた。紹惟はいつもきっちりドアを閉めていくから、珍しい。

「永利は寝てる。俺の部屋で」

「……ああ」

また声が聞こえた。

「で、急用ってなんだ」

今日、相沢が来るとは聞いていなかった。撮影のはじめはあれほど人の出入りが激しかった紹惟の自宅も、スケジュールの調整が終わった今は、滅多に人が来ない。

今回の撮影に専念したい紹惟が、来客を制限しているそうで、相沢ですら数日前にアポイントメントを取ってから訪れた。

なのに唐突に現れたということは、それだけ急いでいるということなのだろう。ドアが半開きなのも、いきなり訪ねてこられたせいか。

この家はどこも普請がしっかりしているが、間取りの構造上、ドアを開けていると、吹き抜けのフロアの声が良く通る。

紹惟と相沢は階下にいるらしく、ことさら大声を出しているわけではなかったが、二階の廊下を伝って奥にいる永利にまでよく届いた。

起き上がると、激しい運動の後のように身体がギシギシ痛む。後ろの窄まりにまだ紹惟を受け入れた感覚があり、思い出すと奥がうずいた。

身体は丁寧に拭われていたが、シャワーを浴びずに寝てしまった。シーツもそのままで気持ちが悪い。

シャワーを浴びに行こうと思ったが、何となく階下から緊迫した空気が伝わって、廊下を移動するのがためらわれた。

「永利君、どんどん綺麗になりますよね。撮影の時だけでなく、普段でも。ノンケの俺でもドキッとしますもん。いや、ドキッじゃないな、ゾッとする。それくらい、怖くなるほど綺麗です。最近の彼は」

ドアが開いて、会話が聞こえているとは知らないのだろう。普段、永利の前では必要なことしか語らない相沢がペラペラと喋《しゃべ》るのに、不思議な感覚を覚えながらも照れてしまった。

最近、仕事で出かけても、綺麗になったねと言われる。マネージャーには会うたびに、整形した？　なんて軽口を叩かれる。

二十歳を越えた男に、綺麗になったねもないと思うが、アイドルでモデルとしては、悪い気はしない。

実際、この半年で仕事のオファーがぽつぽつと増えているそうだ。

以前は、事務所に頑張って仕事を取ってきてもらうのがほとんどで、永利を積極的に使いたいという声はほとんどなかった。

それが、永利のこのところの変化を目の当たりにした仕事相手が、もしくはその仕事相手から噂を聞いた人たちが、永利を使ってみたいと連絡をくれるのだという。

あのマネージャーが言うことだから、少しばかり話を盛っているのかもしれないが、オファーがあるのはありがたいことだ。

今は紹惟の撮影に専念しているけれど、これが終わったら、マネージャーも永利も積極的に仕事を受けるつもりでいた。

「――永利は俺のだ。手を出すなよ」

不意に、紹惟の低い声が聞こえて、永利はどきりとした。

紹惟がそんなことを言うなんて。思わず聞き耳を立ててしまう。いったい、どんな顔で言ったのだろう。

「そんな怖い顔しなくても、出しませんよ。出すわけないでしょ。けど初めてじゃないですか。男でも女でも、先生がそこまで大事にするの」

そうかもな、というつぶやきが聞こえて、ホッとすると同時に嬉しくなった。

「最初から化けると思っていたが、こっちの想像以上だった。擦れてるように見えて真っ新《さら》だったしな。こっちが手をかければかけるほど、応えてくれる。まあ率直に言って、可愛いよ」

「聞いてる方が恥ずかしいので、もうそれ以上はやめてください」

心臓がドキドキと高鳴る。紹惟が永利のことをどんなふうに思っているのか、言葉で聞いたのはこれが初めてかもしれない。

ふと永利は、紹惟が永利を愛していないというのは、自分の思い込みかもしれないと思った。

その瞳が冷めて見えたのも、紹惟が自分を甘やかすのは仕事だからだというのも、本人に確認したわけではない。

ただ当然、そうだろうなと永利が勝手に考えていただけだ。

永利が紹惟に惹かれ、想いを深めて行くのと同様に、彼もまた永利を好きになっていたのかもしれない。

——永利は俺のだ。率直に言って、可愛いよ。

紹惟の先ほどの声を反芻《はんすう》する。ムズムズと喜びがこみあげ、ガッツポーズを取りたいくらいだった。

そっとベッドから降り、寝室のドアの前に立って階下の声に耳を澄ませた。盗み聞きするのは良くないとか、そんなやましさは浮かれた心の隅に追いやられてしまった。

「わかりますよ。永利君からは、明るいオーラがビシバシ伝わってきますから」

まるで、永利の心の内にある期待に応えるように、相沢が言う。

「愛されて大事にされて輝いて、でもちょっと憂いがあるのがいいですよね。俺も助手として、先生のそういうやり方は否定しません」

そういうやり方、という言葉が不穏に聞こえて、永利はひやりとした。

「何が言いたいのか、はっきり言ってくれ。回りくどいのは時間の無駄だ」

「斎藤《さいとう》君のことです」

紹惟の声に被《かぶ》せるように、相沢が言った。斎藤が誰のことなのか、永利にはわからない。同姓の芸能人は何人もいるし、ここに出入りするスタッフの中にも斎藤がいる。

だが紹惟には、それだけで通じたようだ。一拍置いて、「ああ」と、思い出したように相槌《あいづち》を打った。

「彼がどうかしたのか」

「どうかしたどころじゃありません。自宅で自殺騒ぎを起こしたんですよ。まあ、未遂も未遂、ハナから死ぬつもりはなかったみたいですけど。でも、先生を呼ばないと死ぬって騒いで、それでこっちに連絡が来たんです」

「迷惑な話だな。俺には何の関係もない。一度一緒に仕事をしただけだ。そうだろう？」

「先方にもそう言ってシラを切りましたよ。名前を出されても困るって。……でも先生、彼のことも抱きましたよね。それも一夜の遊びじゃなくて、その……」

「永利みたいに？」

ここで自分の名前が出て、永利は息を呑《の》んだ。続いて聞こえた言葉に、指の先が冷たくなる。

「必要だったからな。おかげでいい仕事になっただろう。あれがきっかけで彼も売れて、事務所もつぶれずにすんだんだ」

紹惟の口調は、どうして自分が文句を言われるのかわからない、といった様子だった。

「遊びなら遊びだって、ちゃんと言ってあげてくださいってことですよ。先生に全力で口説かれたら、本気になるに決まってるでしょう」

「遊びのつもりはないぞ。こっちだって本気だ。あの時、どうしてもあの関係性が必要だから抱いたんだ」

「それで、今は必要なくなったってわけですか。……ああもう」

淡々としている紹惟に対し、相沢はもどかしげに嘆きの声を上げる。紹惟に「声がでかい」と言われ、「あ」と慌てるのが聞こえた。階上の永利の存在を思い出したのだろう。

「斎藤の件は、シラを切って終わったんだろう。手間を取らせて悪かったな。それで、他に何が言いたい」

紹惟はどこまでも平坦《へいたん》だ。斎藤という、身体の関係を持った相手が死ぬ気はなかったとはいえ自殺未遂を起こしたというのに、その容態を気に掛ける素振りすらない。まるで興味がなさそうだった。

紹惟の問いに、沈黙で答える。相沢がうんざりした顔でため息をついているだろうことは、容易に想像できた。

「だから……僕が心配なのは……の、ことですよ」

耳を澄ましても聞き取れないくらい、急に声がひそめられた。

「今までの変化を見てるから、余計に。こんな……あなたに何もかも甘やかされて。一種のスポイルじゃないですか。これが終わったら、彼がどうなるのか考えると……」

相沢が、呻くように言う。永利のことを話しているのだとすぐにわかった。

斎藤という仕事相手は、紹惟に抱かれて本気になったのだろう。そして仕事が終わるや捨てられて、自殺未遂を起こした。

同じように紹惟に抱かれ、それどころか共に暮らして最大限に甘やかされている永利が、この撮影が終わった後にどうなってしまうのか、相沢は不安になったのだろう。

永利自身が不安に思っていたことを、周囲にいる人物も感じていた。

そして先ほどの永利の喜びはぬか喜び、それこそとんだ勘違いだった。

紹惟は、永利を愛してなんかいない。最初からわかりきっていたことなのに、どうして一瞬でも勘違いしたのだろう。

たぶん永利が、そう思い込みたかったからだ。

「俺は永利の殻を破ろうとは思ったが、本人を壊そうとも、潰そうとも思っていない。もちろん、他の誰に対してもそうだ」

紹惟は、はばかる様子もなく永利の名前を出した。

「それはそうでしょうけど」

「俺の仕事は、相手の持っている魅力を最大限に引き出すことだ。やり方が人道的でないのは認める。だが、のし上がる奴はこれでのし上がる。俺の女房は三人ともそうだっただろう？　潰れる奴は、どんなに気を遣っても潰れる」

斎藤は後者だった。言外に、そんな意味が込められているように思えた。

「永利は潰れない。あれは俺が見つけた原石の中で、一番の大物だ。まあ見てろ。彼はこれからもっと化ける。こっちが潰されないように気をつけないとな」

平坦だった紹惟の声の中に、そこで初めて感情が込められた。きっと今、彼は黒い瞳を煌《きら》めかせているだろう。

その瞳の輝きを思い出しながら、永利はそっと、細心の注意を払って寝室のドアを閉じた。ベッドに戻り、うつ伏せになって布団を被る。涙が出るかと思ったのに、ため息がこぼれただけだった。

もたらされた情報量の多さに、様々な感情が交錯して頭が追い付かない。

紹惟の相手が自分一人でないことは、わかっていた。

毎日のように家で永利を抱きながら、彼は時折、出かけた先で誰かを抱く。永利が居候をする以前は、付き合いももっと派手だっただろう。

紹惟と仕事をするようになって、業界に流布する、彼の乱れた私生活とやらを、たびたび耳にしていた。

わかっていた。永利を抱くのも、恋人のように慈しむのも、仕事の一環だということは。

かつて紹惟は、ニューヨークで高名な写真家に師事していた頃、師に命じられれば何でもやったと言っていた。師は高齢で、彼と直接性的な関係を結ぶことはなかったが、要求には従順に応じ、老いた男をたいそう悦《よろこ》ばせた。

すべて、自分の夢を叶《かな》えるためだった。

それで身体を汚したとも、卑怯《ひきょう》な手を使ったとも思わない。ただ真っすぐに、自分のやりたいことをやるための手段を遂行しただけ。

紹惟は以前、永利にそう言っていた。そこには一片の誤魔化しもやましさもない。

彼はそういう男なのだと、永利は納得した。そう、紹惟はそういう人間だ。目的のために手段を択《えら》ばない。また、そういう自分に罪悪感も覚えない。

ある意味、誰より純粋な男なのだ。彼が永利を抱くのも、思わず勘違いしたくなるくらい溺れさせるのも、永利のためだと言えなくはない。

永利は潰れない、と紹惟は言う。

相沢も、永利自身も不安に思っているのに、紹惟だけはそう確信している。

永利を愛さず、溺れさせるだけ溺れさせ、さらにそれを棒で叩くような男が、誰よりも永利の才能を信じているのだ。

この事実をどう受け止めていいのか、またどう受け止めるべきなのか、永利にはわからなかった。

ただわかっているのは、そうした残酷な事実を目の前に突き付けられてもなお、自分が紹惟に惹かれているということだ。

撮影が終わり、元の日常に戻っても、永利はもう紹惟を知らなかった頃には戻れない。

紹惟には永利を抱く理由がなくなるのだから、この関係も終わるのだろう。

(嫌だ)

想像するだけで苦しかった。紹惟が自分以外の誰かを抱くより、ずっと辛い。でも、終わりはすぐそこまで来ている。

(嫌だ、嫌だ)

紹惟と離れたくない。死んで彼の心を得られるなら、命を投げ出してもいいとさえ考えた。そんなことをしても紹惟の心が少しも波立たないのは、先ほどの話でわかっていたが。

撮影の終わりを考えると、感情が乱れる。心臓をガサガサと乱暴に揺さぶられているみたいで、吐き気がする。

(嫌だ……)

呪いのように、嫌だ嫌だと心の中で唱えた。紹惟と離れたくない。離れない、絶対に。

生まれて一度も、こんなに何かを欲しいと思ったことはなかった。

ずっと、我慢してきた。親の言いなりになり、友達も学校の勉強も、親の愛情すら諦めて仕事だけしてきて、結局、自分の手には何も残らなかったのに。生まれて初めて渇望したものさえ、手に入らないのか。

「嫌だよ……」

永利は泣くようにつぶやきながら、考えた。

紹惟と、このまま関係を終わりたくない。心が手に入らなくても、せめて一緒にいたい。彼の妻になった歴代のミューズたちのように。

彼女たちと同じようにそばにいるには、どうすればいいのだろう。

考えて考えて、やがて紹惟が寝室に戻ってくるまで考え続けたが、答えが見つかることはなかった。

タイアップした企業側担当者が勝手に「ミューズⅣ・プロジェクト」と名付けたそのプロジェクトは、予定していたスケジュールから半月ほど遅れて、撮影工程のすべてが終了した。

ＣＭ制作も、クライアントの最終チェックまで終わったそうで、プロジェクトの打ち上げを兼ねて上映会が行われた。

永利は日常の中でただ紹惟に撮られているだけだったので、まったく実感がなかったが、その裏ではあれこれとスケジュールが進行し、たくさんの人が動いていたのだ。

打ち上げ兼上映会は、広告代理店の会議室を借りて行われ、そこへ赴いた永利は、まるで国民的アイドルのような扱いで迎え入れられた。

関係者たちがみんな、下にも置かない態度で接してくる。同行したマネージャーは、自分の手柄のようにはしゃいでいたが、以前に顔を合わせた時は普通に接していた人たちが、別人のようになっていて戸惑った。

まだ写真集が発売されてもいない、CMが世に出ているわけでもないのに、彼らの変貌ぶりはどうしたことだろう。

「映像を見たからだろう。俺の写真も見てる。純粋に作品の出来と、モデルとしてのお前を評価してるんだよ」

一足先に会場に来ていた紹惟が、戸惑う永利の傍に来て、教えてくれた。

「映像は本当にいい出来だ。自分の目で見てみればわかる」

それからも紹惟は、打ち上げが終わるまでずっと永利の傍にいてくれて、周りから唐突にちやほやされて戸惑う永利のために、的確なフォローをしてくれた。本来はマネージャーの役目だと思うが、彼女は周りとおしゃべりするのに夢中で永利を見ていなかった。

紹惟の言う通り、映像は素晴らしかった。撮影の時も自分の映像を確認していたはずなのに、出来上がった作品はまったく別物のようだった。

映像の中の永利は、男性とも女性ともつかない、中性的で美しい存在だった。素肌に薄いベールを纏い、最後までどちらなのかわからない。

メイクとCG編集のおかげもあるが、自分で見ても永利は美しかった。初めて紹惟が撮った自分の写真を見た時のような、信じられないような感動があった。

魔法にかかった気分だ。

永利が何気なくつぶやくと、紹惟は親から褒められた子供のように、屈託のない笑顔を浮かべた。

「魔法を使ったのは、お前自身でもある。料理する素材が良くなければ、ここまでいいものはできなかったよ」

映像を見た関係者からも次々に賛辞の言葉をもらったが、この紹惟の言葉より嬉しいものはなかった。

紹惟が、自分を認めてくれた。永利との仕事に満足してくれた。

彼は誰よりも永利の才能を信じてくれているけれど、永利は自分が彼の信頼に足る仕事をしているか、ずっと不安だった。

いつか失望させはしないかと、撮られながら常に心配していたのだ。

でも今、紹惟からこの上ない賛辞をもらい、ようやく心から安堵《あんど》することができた。

その日の上映会と打ち上げは二時間ほどで終わった。まだ夕方の早い時間で、「この後、二次会でも」という誘いもあったが、永利と紹惟は固辞した。

紹惟は付き合いだけで実のない宴会には出席しないし、明日も別の仕事がある。そして永利は、長い居候生活を終えて自宅に帰るため、荷造りをしなければならなかった。

紹惟の事務所のスタッフが運転する車に乗り込み、関係者らが見送ってくれた。彼らのその目に好奇の色があるのを、永利は気づいている。

たぶん彼らは、紹惟と永利がどんな関係にあるのか、あれこれ推察しているに違いない。

歴代ミューズはみんな紹惟の「女」で、かつ紹惟はバイセクシャルでもある。パッとしないアイドルだった永利がここまで変貌した理由が何であるか、当然彼らも理解しているだろう。

紹惟に抱かれていることを、みんなが知っている。

少し前の自分だったらきっと、恥ずかしくていたたまれなかっただろう。

でも今は、不思議と何も感じなかった。肉体関係が実際にあってもなくても、どうせ噂されるのだからと、開き直っている。

紹惟と仕事をして、ずいぶん度胸がついた。以前はオドオドしていたことも気にしなくなった。ハッタリもきかせられるようになり、内心では困っていても何でもないふりができる。

自信が付いたからだろうか。それとも叶わぬ恋をして、今も相手に縋《すが》りつくための算段をしているからか。

「ミューズ」の撮影がすべて終わり、すでに二週間ほど経つが、永利はまだ紹惟の家にいて、夜ごとのように紹惟に抱かれている。

永利が何かと理由をつけて、家に帰るのを限界まで延ばしたからで、しかしそれももう終わりだった。

今夜荷造りを終えて、明日には紹惟の家を出る予定だ。明日、短い別れの言葉を交わしたら、もうそれで紹惟との蜜月は終わってしまう。

終わらせたくなくて、関係を続ける方法をずっと考えていたのに、何もできないまま最後の夜になってしまった。

「しかし、お前のマネージャーは本当に仕事をしないな」

車がじゅうぶんに遠ざかってから、紹惟がふとつぶやいた。運転席と、それから助手席にいた別のスタッフも、思い出したように苦笑する。

「永利さんそっちのけで、マネージャーさんが主役みたいでしたね」

「まあ、こういうのは彼女も初めてだから」

永利も苦笑しつつ言った。本当に今日は、今までにないくらい、ちやほやされた。マネージャーの彼女も同じ扱いだったので、はしゃいでしまうのは仕方がないと思っている。

彼女はもともと、頭の切れるタイプではない。わりと感情的だし、頼りになるかというと素直にうなずけない。

でも、売れない自分たちをずっと親身になって支えてくれた人だ。彼女なりに一生懸命やってくれたし、少しは恩返しになったかなと思っている。

「彼女、二次会に付いて行ったが、明日はちゃんと迎えに来るんだろうな」

紹惟の問いに、ひやりと冷たい風が心に吹き抜ける。明日の引っ越しの話だ。

「いや、バスかタクシーで帰るつもり」

言うと、紹惟は呆れたように嘆息した。マネージャーは、永利が明日、自宅に戻ることも知らないだろう。特に何も聞かれていない。

「あ、俺、明日の午前中でしたら空いてますよ。迎えに来ましょうか」

運転していたスタッフが申し出てくれたので、礼を言って断った。いくら紹惟と親しくしているとはいえ、仕事相手だ。その部下をタクシー代わりに使うわけにはいかない。

「荷物は宅配で送るから、ほとんど手ぶらだし。一人で帰れます。今まで、仕事先には普通に電車で通ってたし」

アイドルと言っても、町で滅多に声をかけられることもない、マイナーな存在だ。

「今まではそうだったかもしれないが。……まあいい。明日はタクシーを呼ぶから、それで帰れよ」

「芸能事務所って、もっとタレントさんをガチガチに管理してるのかと思ってました。わりと緩いですよね」

「事務所の方針によるかな。うちも、一部の売れっ子はがっちり管理されてますよ」

スタッフの話題に永利が応じ、それから家に着くまでは、スタッフたちとの雑談が続いた。

紹惟の自宅に到着し、送ってくれたスタッフに礼を言って中に入る。すっかり自分の家のようになっていて、帰るとホッとした。

でも、それももう明日で終わりなのだ。ツンと鼻の奥が痛くなって、永利は目を瞬《しばた》いた。

「荷造りはもう、ほとんど終わってるんだろ。飲み直すか」

廊下を先に立って歩いていた紹惟が、そう言って振り返った。永利は慌ててうなずく。

打ち上げといっても、会社の会議室を使った形ばかりのもので、簡単につまめるケータリングの料理と、付き合いでビールを一杯飲んだだけだった。

「腹も減ったな」

紹惟が何か作ると言うので、永利も一緒にキッチンに立って手伝った。

キッチンに並んで料理を手伝うのも、もうこれで最後だ。まるで崖の縁に立たされたように、怖くて泣き出しそうだった。

永利とは逆に、紹惟は機嫌が良さそうだった。仕事が一区切りついたからだろう。

写真集と写真展を控え、彼の多忙さはむしろこれからだが、緊張も焦りもなく、落ち着いている。

明日、永利がこの家を出て行くことにも、何の感慨もありはしないのだ。いっそ居候がいなくなって、せいせいしているかもしれない。

「どうした？　やっぱり疲れたか」

隣から紹惟が覗き込んできた。永利は普段通り振る舞っていたつもりだったが、ふさぎ込んでいるのに気づいたのだろう。

ほんの少しの変化でも、紹惟は気づいてくれる。

その優しさに触れた時、永利はこらえていた感情が一気に噴き出し、泣いてしまった。

「ごめん」

いきなり泣き出すなんて、鬱陶しい。泣いて相手の興味を引こうとするなんて、自分が大嫌いだった母親にそっくりだ。

慌てて涙を拭こうとすると、紹惟は握っていた包丁を置いて「擦《こす》るな」と永利を制した。

「乱暴にするな。痕になるぞ」

「ごめん。なんか感傷的になっちゃって」

笑ってごまかすと、紹惟はその場で永利を抱きしめてくれた。永利も相手を抱きしめる。

「紹惟、試写会で言ってたよね。映像がいい出来だって。魔法を使ったのは、俺自身でもあるんだって。俺を『ミューズ』にして、良かったと思う？　俺の仕事に満足してる？」

紹惟の胸の鼓動を聞きながら、永利は尋ねた。紹惟はどうかしたのか、とは聞かず、「ああ」と答えた。

「お前は俺の期待に応えて、それ以上の結果を出したよ」

「じゃあ、これからも俺を撮ってよ」

顔を上げて紹惟を見据えた。強く睨むような視線に、紹惟がわずかに目を見開く。

「これで終わりは嫌だ。俺を抱いて。そうしたら、俺は変わり続ける。あなたを飽きさせない、最高のミューズでい続けるから」

それは不遜とも言えるセリフだった。紹惟を飽きさせない、変わり続ける自信なんてない。でも、今ここでウジウジして黙っていたら、紹惟とは終わってしまうのだ。

「俺を飽きさせない、か。ずいぶんな自信だな」

紹惟は笑いの形に目を細めて言った。こちらは必死なのに、やけに楽しそうだ。永利が次に何をしてどんなことを言い出すのか、ワクワクしているようにも見えた。

「自信なんてないよ。ただのハッタリ。けど、俺はこれで終わりにしたくないんだ。これからもあなたに抱かれたい」

「……そんなに、俺のは良かったか？」

紹惟は露悪的に笑い、永利の背中をつと撫でた。こそばゆさと共に甘い疼《うず》きが走って、永利は相手を睨みつける。そんな永利の怒りさえ、紹惟は楽しんでいるようだった。

わざと、意地悪な言い方をしている。この半年、ずっと紹惟と一緒にいて、永利も彼のことをいくらか理解していた。

「俺は潰れないよ。斎藤何とかさんみたいにさ。あなたに抱かれてどんなに振り回されても、潰れないでのし上がる。これからも、あなたの期待以上に」

目の前の黒い瞳がまた、わずかに見開かれた。それからすぐ、笑いに歪《ゆが》む。

相沢との会話を聞いていたのか、とは聞かれなかった。あの時、永利が会話を耳にする可能性を、もしかしたら予測していたのかもしれない。

「お前はいつも、俺の予想外の反応をする」

紹惟は言い、永利の唇を軽く啄んだ。こちらが固唾を呑んで紹惟の答えを待っているのに気づくと、フフッと笑う。

「お前は勘違いしてる。写真集を出して終わりじゃないさ。相沢あたりから聞いていないか？俺はこれと決めたモデルに執着するんだ。自分の気が済むまで撮り続ける。お前のことも、まだまだ撮り続けたいと思ってるよ」

そういえば一番最初、紹惟と出会った直後に、相沢がそんなことを言っていた気がする。飽きるまで撮り続けるのだと。

永利の事務所が交わした契約は、このプロジェクトに限ったものだったから、今回の仕事が終われば紹惟の「ミューズ」も終わってしまうのだと、何となく思い込んでいた。

「じゃあ、また使ってくれるってこと？」

「そう言っただろう。だが、この家に住むのはなしだ。今回は期間を区切っていたからいいが、俺は誰かと一つ屋根の下で暮らすのが苦手でな」

「そんなの」

そこまで望んでいない。永利は嬉しさのあまり言葉にならず、ふるふると首を横に振った。

「俺、もう……明日でぜんぶ終わりだって思ってたから」

再び涙がこみ上げるのを飲み込んで、紹惟に抱きついた。ぎゅっと強くしがみつくと、紹惟は小さく笑って抱きしめ返してくれる。

顔を上げるとキスが降ってきて、それから二人は飲み直すことはせず、バスルームへ直行した。

「紹惟、紹惟……」

永利は紹惟に抱かれながら、何度も縋るように彼を呼んだ。

「紹惟、好き」

言葉がひとりでにこぼれた。今まで抑えていたけれど、今日だけは我慢できなかったのだ。

想いを口にした永利に、紹惟は驚かなかった。同じ言葉を返してくれることはなかったが、否定されることもない。

永利にとっては、それで十分だった。これで終わりではない。まだ、紹惟との関係を続けていられる。紹惟に飽きられるまでは。

先のことは考えないようにした。今はただ、紹惟と繋がっていられる喜びを噛《か》みしめていたかった。

永利をモデルにした紹惟の写真集と、それに連なるプロジェクトは、成功のうちに終わった。

写真集は売れ、写真展も大盛況だったという。企業とのタイアップで、今までにない宣伝が行われたせいもあるが、マスメディアにも盛んに取り上げられ、永利も「四代目ミューズ」として一気に露出が増えた。

仕事も次々に舞い込むようになった。この仕事をする直前までは引退寸前だったのは、夢だったのかと思えるくらいだ。

写真集の発売から時間が経ち、話題も収束しかけた頃、紹惟は永利をモデルにした二冊目の写真集を出した。

一冊目ほどではないにせよ、この写真集も売れた。永利はもう、この頃にはあちこちに引っ張りだこで、大手化粧品会社の化粧ブランドのＣＭに男性として初めて抜擢《ばってき》されたり、様々な雑誌の表紙を飾るようになっていた。

その後、紹惟に勧められて俳優の仕事も受けはじめ、男性か女性かわからない中性的な美貌のモデルだったのが、年相応の青年の顔も世間に少しずつ知られるようになった。

紹惟も永利も多忙だったが、予定をやりくりして頻繁に会い、二人の作品は撮り溜《た》められた。

撮影のセットを組んで大勢のスタッフと撮影することもあれば、最初の写真集の時のように、紹惟の自宅や何気ない場所で撮られることもある。

ほぼ毎年のスパンで、紹惟は永利をモデルにした作品集を発表し続けた。

最初の時のようなインパクトも売れ行きもなかったが、それまでの歴代ミューズにはあまりなかった固定ファンが増え、永利の「ミューズ」は、堅調な利益をもたらすコンテンツに成長している。

二人の関係も続いていた。撮影の後に身体を重ねることもあれば、仕事に関係なく二人で会うこともある。

デートの真似事《まねごと》もしたし、ただの友達のように夜通し飲み明かすこともあった。

紹惟は相変わらず永利以外にも相手がいたし、永利だけを愛してはくれない。

それでも永利は潰れなかった。緩やかに、しかし堅実に経験を重ね、仕事の幅を広げて少しずつ、紹惟の「ミューズ」ではなく、「瀬戸《せと》永利」の名前が売れるようになった。

ただ前へ前へと進み続け、紹惟に振り落とされないようしがみついて、気がつくと三十を越え、紹惟と出会ってから、十年の時が経とうとしていた。

新たな「ミューズ」はまだ、現れない。永利は今も紹惟の「ミューズ」だ。

二

隣で眠る男の髪に一本、白く光るものを見つけて、永利《えいり》は小さくショックを受けた。抜いてやろうかと思ったが、白髪は抜くと増えるという迷信を思い出し、手を引っ込める。

（いやいや、もう紹惟《しょうい》も四十だし）

白髪の一本や二本、出るのは当たり前だ。ショックを受けている自分に言い聞かせた。

永利のマネージャーなんて、永利より年下なのに若白髪がある。体質なんですよ、と気のいい男は笑っていた。

ゆっくりベッドから起き上がる。身体《からだ》がだるく、股関節がギシギシと軋《きし》んだ。永利は恨めしい気持ちで隣の男を睨《にら》みつける。

永利も昔に比べれば体力がつき、男らしい身体になったつもりだけど、この男の体力には何年経《た》ってもかなわない。

「この絶倫野郎」

軽く鼻をつまんでやると、紹惟は小さく呻《うめ》いて薄目を開けた。

「朝ご飯作るけど、食べる？」

「朝？」

紹惟は枕元の時計を見て、軽く片眉を引き上げて見せた。永利はそれを、じろりと横目で睨んでベッドから下りる。

「朝昼兼用」

「パントリーに、パスタソースの瓶があったな。美味《うま》いかどうかわからないが」

貰《もら》い物なのだろう。「じゃあパスタね」と応じて、バスルームへ向かう。

昨夜、ドラマの撮影を終えてこの家に着いたのは、夜中の二時前だった。それから空が白むまでセックスをしていたから、睡眠が足りているとは言えない。しかし、腰の重だるさとは裏腹に気分はすっきりしていた。

軽くシャワーを浴びていると、内ももの付け根の部分に青紫のうっ血がいくつも散らばっているのが見えた。

「また、エグいところに痕付けやがって」

まず人に見えることはない位置だが、何の痕かは一目瞭然だ。

万が一、人に見られたら恥ずかしいからやめてくれと言っているのに、紹惟は構わず痕を付ける。こっちがヒヤヒヤするのを楽しんでいるのだ。

あとで文句を言ってやろう、と独り言をつぶやきながら階下に降りた。

庭に面した大きな窓から、秋の柔らかな陽射《ひざ》しが降り注いでいる。時刻はもう、正午すぎだ。キッチンに入り、パスタ用の鍋で湯を沸かし、冷蔵庫から適当に野菜を取り出してサラダを作る。

勝手知ったる態度だが、家主を除けば誰よりこの家のことを知り尽くしていると思う。十年、この家に通っている。この十年、変わらないこともあるが、変わったことの方が多い。

この家だって、十年前は新築でどこもかしこもピカピカだったのに、今はところどころ、壁がくすんでいるところがあった。

キッチンの冷蔵庫とガスオーブンは一昨年、新しいものに入れ替えたし、キッチンから一望できるフロアも家具はほとんど入れ替わっている。

この家を訪れるスタッフの顔ぶれも、だいぶ変わった。相沢《あいざわ》は二年前に独立し、今はもう紹惟のアシスタントではない。代わりに紹惟より年上の女性スタッフが、きびきびと事務所を取りまとめている。

変わらないものなどあるのだろうか。

キッチンカウンターから見える、窓の外の風景をぼんやりと眺めながら、永利は考える。

紹惟と自分のこの関係さえ、はっきりと形を変えている。

昔は、ひな鳥が親鳥を追いかけるように、紹惟の背中を追いかけていた。こうやってキッチンに入ることさえためらわれたし、紹惟に鬱陶しいと思われたらどうしようと、ビクビクしていたように思う。

今、永利は紹惟の友人だ。肉体関係のある友人。急激に変わったのではない。親鳥とひな鳥の関係が、この十年で緩やかに変貌していったのだった。

「何か、手伝うことあるか」

パスタがゆで上がる頃、紹惟がシャワーを浴びて降りてきた。

「いや、大丈夫。もうできるよ」

濡《ぬ》れ髪に洗いざらしのシャツとコットンパンツを穿《は》き、あくびをかみ殺しながら現れた男を見て、いい男になったな、と思った。

惚《ほ》れた欲目ではない。昔から誰もが振り返る色男だったが、いいふうに年を重ねたと思う。

冷たい美貌には苦味が加わり、ざらりとした男臭い色香がいや増している。

きっと、あと十年、二十年と年を取っても、この男はその時々にしかない魅力を発揮するのだろう。

そういう彼を、今の永利は少し、妬ましいと感じる。

今朝、鏡の中で見た、のっぺりとした自分の顔と身体を思い出し、不意に落ち込んだ。

昔、しわ取りや美白に躍起になる女を軽蔑していたが、今は気持ちがわかる。

世の中は不公平だ。

紹惟のように、年を重ねて魅力的になっていく男がいる一方で、永利のような男は、しなびた果物のように世間から扱われる。

「永利？　どうした」

　いつの間にか、物思いにふけっていた。

「だるいの。あんたが、何度もガツガツ掘りまくるからだよ」

　それまで身体に絡みついていた、暗くどろりとした思考を蹴って、何でもないふうに軽口を叩《たた》いた。紹惟がニヤニヤ笑う。

「お前が欲しがるからだろ。最後は自分から跨《また》がってくるんだからな」

「それは……」

　紹惟が焦《じ》らしたからだ、と言い返すのは、何だかイチャついているみたいで恥ずかしい。代わりに、「うるせえ、絶倫オヤジ」と悪態をついた。

　昔を思えば自分もずいぶん、はすっぱでガラが悪くなったと思う。

　パスタの皿をダイニングテーブルに運ぶと、紹惟もそれまで手にしていた書類をテーブルの脇に置いた。

　通常、紹惟は食事の席に、書類だの新聞だのを持ち込まない。珍しいなと思い、つい書類に目がいってしまった。

　若い男性の写真と、プロフィールらしい文字が目に入る。ポートフォリオのたぐいらしい。

「それ、次の企画のモデル候補たち？」

いつもは自分から紹惟の仕事に首を突っ込むことはしないが、目の前に出されたので、聞いてもいいのだろうと当たりをつけた。

「次の次、だな。まだオーディションをやるとは決まってないんだが、デカい仕事になるんでな。あちこちから勝手に送り付けてくるんだ」

紹惟は、困っている、というように軽く肩をすくめる。よくあることだ。「ミューズ」に限らず、紹惟に起用されて売れたモデルやタレントは多い。チャンスを逃したくないと思うのは、当然だろう。

「みんな、必死だもの。あ、このパスタソース、美味《おい》しい」

「お前好みだよな。今日はこれから、どうするんだ」

「特に何も。この家で、ゴロゴロする予定」

明日の夕方までオフだということは、事前に伝えてある。家主がいてもいなくても、休みの日はだいたい、この家を訪れる。

だいたい、というかここ数年は、ほぼすべての休みを捧《ささ》げていた。

この家の広いバスルームと、窓の大きなリビングが気に入っているから……というのは、紹惟に向けての口実で、もちろんただ、彼に会いたいからだ。

頻繁に入り浸る永利を、紹惟は積極的に受け入れることもないが、拒むこともない。予定があれば永利に構わず出て行って、そうでなければ共に休暇を過ごしてくれた。

互いにつかず離れず、付き合いを重ねた友人だからこそそのポジションだと、永利は勝手に思っている。

「あ、これから誰か来る？　それなら帰るけど」

紹惟が黙ってこちらを見つめたままなので、急いで付け加えた。

仕事なら邪魔したくないし、家で誰かとデートをする予定なら、さすがに顔を合わせるのは御免こうむりたい。

「いや、来客はない。そっちも予定がないなら、今夜の観劇に付き合ってくれ。知り合いにチケットをもらったんだ」

紹惟は言い、テーブルの端に寄せたポートフォリオの中から、チケットの挟まれたクリアファイルを探し出した。

次の次の企画に寄せられたという、モデル候補者の一人が出演するらしい。

まだ候補に過ぎない若者の芝居に、紹惟が足を運ぶのだ。これはと思う相手なのだろう。

紹惟が新たな才能を見出《みいだ》す時、追い立てられるような焦りと不安を感じるのは、いつものことだ。

「へえ、紹惟が見に行くなんて、珍しいね。じゃあ、ついて行こうかな」

少しだけ興味のあるふりをして、ちらりと書類に目をやり、すぐに興味を失ったかのように視線を逸《そ》らした。

心の奥にある焦燥は、綺麗《きれい》に押し隠せたと思う。紹惟が黒く光のない瞳でじっと見据えても、何も見えないはずだ。

本心を隠すのは、前よりずっと上手《うま》くなった。

「十八時開演か。夕食は芝居の後かな。今から開演までの時間、どうするの？」

「掃除だな。風呂場とトイレ、どっちがいい？」

永利は「えーっ」と不平をこぼしつつ、比較的楽な風呂場を取った。

以前は家事代行業者を頼んでいたが、最近は紹惟が自分でやるか、事務所のスタッフがやっている。

何年か前、出入りしていた家事代行スタッフの一人が、紹惟の私物を持ち去る事件があったからだった。

中年の女性スタッフで、発覚する前から何度も、紹惟の下着や服などを持って帰っていたらしい。他にもストーカー行為をしていたらしく、後に逮捕された。

ニュースになり、一時はワイドショーにも取り上げられた。

永利は女性が逮捕されるまで何も知らなくて、事件がすっかり片付いてから知らされたのだ。

「お前に言うと、不安にさせると思った」

言ってくれれば良かったのに、と詰《なじ》る永利に、紹惟はそんなふうに答えた。

ちょうど、永利が朝ドラの撮影で毎日忙しくしていた頃だ。確かに、ストーカーされていると相談されても、不安になるばかりで何も手助けできなかったかもしれない。

けれど、それなりに長い付き合いで、身体の関係のある「友人」の中ではとりわけ親しい仲だと自負していたから、少し寂しかった。

ともかくそういう理由で、紹惟は家事代行を頼むのをやめた。

犯人は逮捕されたし、女を雇っていた代行業者も謝罪と賠償をして、この家のセキュリティ強化の費用をすべて負担してくれた。

掃除だけでも業者を入れればいいと提案したのだが、紹惟は頑《かたく》なに受け入れなかった。

今思い返すとあの頃は、紹惟も珍しくピリピリしていた気がする。

永利がそっちに遊びに行くと言うと、何時に来るのか、タクシーか事務所の車か、細かく聞かれた。紹惟がそんなことを尋ねることは今までなかったから、驚いたのを覚えている。

しかし、永利はその後すぐに仕事が忙しくなり、また事務所の移籍などもあってバタバタして、紹惟と会えない日が続いた。

身の回りが落ち着いて、次に会った時にはもう、紹惟も元の彼だったから、永利も深く尋ねることはしなかった。

それからこの家に泊まる時には、永利も料理の後片付けや掃除を積極的に手伝っている。

とはいえ、一階の掃除は事務所スタッフがこまめにやってくれるし、洗濯は宅配クリーニングを利用しているから、あとは二階の掃除くらいだ。

「ねえ紹惟。俺がこないだおいて行ったシャツ、クリーニングから戻ってる?」

「いつものところに入れてある。あれで出かけるのか?　もう寒いだろ」

お互いに掃除を済ませる間に、そんな会話をして、家事を片付けるとまだ、出かけるには時間があった。

永利がコーヒーを淹《い》れ、一階のソファでくつろぐ。テレビを見るともなしに見ていたが、紹惟は途中からまた、例のポートフォリオを眺め始めた。

「そんなに気に入ってるの?」

数人分のポートフォリオの中で、紹惟が何度も見ているのは一人だけだと気づき、心の中にモヤモヤと暗い思いが湧く。

今夜の演劇に出る青年だ。どんな人物かと思い、永利も書類を覗《のぞ》いた。

「仲野《なかの》すばる……こうや?」

見たことのない顔だ。大きな茶色い瞳をぱっちり開いて、ぎこちなく口角を上げているのが、素人臭く見えた。

造りは整っているが、取り立てて美形というわけでもない。いちおう、「イケメン」という括《くく》りには入るのだろう。

まだ顔面だけは勝ってるな、と埒《らち》もないことを考えた。

「仲野昴也《こうや》。舞台演劇ではそこそこ、名前が売れてるらしいぞ」

「へえ。俺は知らない」

口にしてから、ちょっと嫌な言い方だったな、と恥ずかしくなる。永利の役者としての仕事は、もっぱらテレビばかりなので、舞台関係は詳しくない。

興味がないわけではなく、ただ疎いだけだ。でも、今のは不遜に聞こえたかもしれない。

言いなおそうかな、とおずおず隣を窺うと、紹惟もこちらを見ていた。クスッと笑って不意に肩を抱かれる。軽くキスをされたので、驚いた。

「何だよ」

「俺の方が美人だなって、思っただろう」

「思ってねえよ」

図星だったから、カッとなって言い返してしまった。紹惟はクスクス楽しそうに笑う。それからふと、遠い目をした。

「……鏡よ鏡、か」

「何、急に。眠りの森の美女、だっけ」

「白雪姫だよ」

紹惟は歌うように言い、再び青年の写真に目を落とした。

『鏡よ鏡、この世で一番美しいのは誰？

それはあなたです、と鏡は言った。王妃は満足した』

永利は手元のスマートフォンで検索した「白雪姫」のあらすじを読むと、ふん、と思わず鼻を鳴らした。そうだ、そういえばこんな内容だった。

「ご機嫌斜めだな。そんなに仲野が気に食わなかったのか？」

そう言う紹惟は機嫌がいい。車のステアリングを回す様も、心なしか軽快に見えた。

その夜、新宿《しんじゅく》の小劇場で演劇を見終えるとすぐ、二人は紹惟の運転する車で帰路に就いた。

当初、紹惟は楽屋へ仲野昴也を訪ねる予定だったらしい。ところが、周りの客に永利がいることが早々にバレてしまった。

幕が下りるやいなや、あちこちから話しかけられそうになり、紹惟がボディガードよろしく、永利を連れ出したのだった。

受付にいた劇団スタッフに声をかけ、言付けを頼んでいたが、本当は直接、仲野と会話を交わしたかっただろう。

「別に、機嫌は悪くないよ。それより、本当に彼と話さなくてよかったの？　俺ならタクシーで先に帰ったのに」

「楽屋には、チケットの礼を言いに行こうと思っただけだ。それもスタッフに事情を話して言付けたから問題ない。それに、タクシーを捕まえる前に、お前がファンに捕まる」

「そこまで熱狂的なファンはいないよ」

アイドルだった頃はもとより、グループが解散した現在でも、そこまで熱心なファンはいない。まれにレストランなどで、ファンです、と声をかけてくる人もいたが、大抵は行儀のいいファンばかりだ。

ストーカーまがいの経験もないわけではないが、事務所に相談すればすぐ、しかるべく対処をしてもらえる。今のマネージャーは、前の事務所のマネージャーに比べたら、驚くほど有能なのだ。

「お前もいちおう、人気モデルで人気俳優なんだ。もう少し身の回りには気をつけろ」

「なんだよ、いちおうって」

今や、れっきとした俳優で、モデルだ。休む間もなく仕事が入っている。今日だって本当は、無理を言って二日の休みをもぎ取ったのだ。

紹惟にはもちろん、そんなことは言わない。休みの日は他にもあって、そのうちの一部を紹惟と会うのに当てている……そう伝えている。

紹惟と会わないオフの日は、別の男と会っているのだともほのめかしていた。馬鹿馬鹿しい見栄だし、紹惟は嫉妬などしないが、これはプライドの問題だ。

永利一人だけが追いかけていると気づかせるのは業腹だし、紹惟も重たく感じるだろう。付かず離れずがちょうどいい。今までもそうしてきたし、だからこそ今も続いていて、これからも続いていく。少なくとも永利はそう考えている。

自分は男で、どんなに紹惟を愛しても過去のミューズたちのように妻にはなれない。

そのかわりに、友人というポジションを手に入れた。二人の間にはどんな約束もなく、互いを縛るものは何もない。何もないから、終わりもないのだ。

いつか、次の「ミューズ」が現れる。紹惟の興味が永利から他の誰かに移る日が、必ずやってくる。

今日か、明日か。この十年、ずっと怯《おび》えてきた。

十年もの間、永利が変わらず「ミューズ」であることに、周りだけでなく永利自身も驚いているが、それでも終わりは絶対にやってくるのだ。

でも、「ミューズ」としての関係は終わっても、紹惟とは友人のままだ。もしかしたら身体の関係に終止符が打たれるかもしれないが、彼のそばにはいられる。

新たに現れた「ミューズ」を歯ぎしりしながら妬ましく眺めるかもしれない。それでも永利にとっては、紹惟と離れなくてもいいということの方が重要だ。

「芝居はどうだった」

自然な沈黙が続いた後、不意に紹惟が切り出した。その声音から、これがただの世間話ではなく、永利の感想を期待しているのだとわかる。

そんなに仲野が気になるのか、と面白くない気持ちになった。

「面白かったよ。全体の話はまあ、ちょっと理解しづらかったけど。……仲野君は、そうだな。『なんだこいつ』って感じ」

最後の感想はあまりにも抽象的だ。他人には意味がわからないだろうが、紹惟にはきちんと伝わったらしい。口を開けて笑っていた。

「確かに俺も今日は、なんだこいつ、って思ったな」

今日の舞台は四人芝居だった。出演者は四人だけ。同じ年頃の男女二人ずつ。四人家族らしいが、兄弟姉妹ではないらしい。四人の関係性は最後までぼかされていた。

仲野は四人のうちの、末っ子みたいな立ち位置だ。ちょっととぼけたお茶目なキャラクターで、かと思うと腹黒い一面を見せたり、他の三人に鋭いツッコミを入れたりする。

四人とも演技は素晴らしく、息もぴったり合っていたが、それでいて仲野だけが異質だった。彼がいるだけで舞台が面白い。彼の違う芝居も見たいと思う。

決して出しゃばっているわけではないのに、気づくと彼に注目してしまう。

「今回のポートフォリオが届く前、別の芝居で彼に目を付けていたんだ。ＤＶＤなんだが、舞台で見たかったたな」

それは永利も知っている、有名な劇団の舞台だった。仲野はその劇団に所属しているわけではなかったが、ゲスト出演していた。たまたま別の仕事で映像を目にした紹惟は、彼に注目していたらしい。

「別の舞台を見てみたいと思っていた矢先に、彼の事務所から宣材が届いた。これも縁だな」

紹惟の弾んだ声を聞いた時、ぞわりと嫌な予感がした。

いや、予感なら、紹惟が今夜の芝居に行くと言った時にしていたのだ。

「舞台のＤＶＤを貸すから、お前も見てみろ」

「え、いいよ」

仲野のことは気になるが、わざわざ見たくない。断ったが、紹惟は「いや、見てくれ」といつになく食い下がった。

「次の次の企画に仲野と、それにお前をオファーする」

「……俺？」

「そうだ。久々に『ミューズ』の仕事だ。また四代目だの五代目だの言われるから覚悟しておけ。今から安っぽいコピーが思い浮かぶ。次はたぶん間違いなく、『二人のミューズ』だろうな」

ああ、と永利は心の中で絶望のため息をついた。

とうとう、この日がやってきた。

「知ってるよ、仲野昴也。何年か前に漫画が原作のミュージカルでデビューして、話題になったんだ。まだ高校出たばかりで、おまけに演技初挑戦って話なのに、抜群に上手くて。今は二十二歳か。へえ、永ちゃんが『ミューズ』に抜擢された年と同じじゃん？　俺を蹴落としてさ」

梅田誠一《うめだせいいち》がスマートフォンの画面を眺めながら、ニヤニヤと意地悪く言った。

「蹴落としてねえよ。いつまでも根に持つなあ、元トップアイドル様は」

永利も意地悪く応酬する。その顔を、誠一がパシャリとスマホで撮影する。裏返して永利に見せた。

「ほら、性格悪そうな顔」

ヒャヒャ、とおかしな声で笑う誠一は、そろそろ酔いが回ってきたようだ。

「それ、SNSに上げたらぶっ飛ばすぞ。早くいつもの撮れよ。お前はあんまり、不細工な顔するなよ。俺だけ澄ましてて感じ悪く見えるから」

「注文が多い」

誠一はブツブツ言いながらもスマホを持った手をかざし、永利とのツーショットを撮影した。永利が撮ったものをチェックして、気に入らないと何回か撮り直させた。誠一は「勘弁してくださいよ、先輩」などと言いながらも、気安く応じている。

「うん、こっちの写真で。永ちゃんと肉食ってま〜すって、ハート入れてSNSに上げとけ。酒とか呑《の》んでるって言葉は使うなよ」

「いいね、あざといね」

誠一はおかしな節回しで言い、またヒャヒャ、と笑った。素早く文字を打ち込んで、SNSにアップする。

写真には焼き肉の網を囲んで、二人が仲良く楽しそうにしている様子が映っている。誠一が弾《はじ》けるような快活な笑顔なのに対し、永利はカメラに向かって、にこっとはにかんだように控えめに微笑《ほほえ》んでいた。

いつもの「瀬戸《せと》永利」のイメージ通りに撮れていることに満足する。自分のアカウントでもシェアして、当たり障りのないコメントを入れておいた。

場所は都内の高級焼き肉店の個室だが、特定できないように上手く撮っていた。誠一はこういう自撮りが上手い。

「うむ、ご苦労」

永利が仰々しい口調で労《ねぎら》うと、誠一が手を叩いて笑った。かなり酔っている。

誠一はそれほど酒に弱いわけではないが、仕事の疲れもあるのだろう。今日は雑誌の取材とバラエティ番組の収録が重なり、ほとんど寝ていないと言っていた。

十年前、期待の新人だった誠一は今、バラエティに引っ張りだこの人気タレントだ。舞台を中心に俳優としても活動しており、彼の芝居は演劇関係者にも評判がいい。

永利が前の事務所を退所した後、すぐに彼も移籍したが、それ以前は二人組のアイドルユニットを組んで人気があった。

紹惟の力がなくても、彼は実力でトップに昇り詰めたのである。

永利が「ミューズ」に抜擢《ばってき》される前、事務所は誠一を次の「ミューズ」にと、紹惟に打診していた。紹惟は最初から誠一の起用には消極的だったと言うが、もしも紹惟が会議室を間違えず、永利と出会っていなかったら、誠一が「ミューズ」になっていたかもしれない。

少なくとも事務所と誠一のマネージャーは、誠一の起用を疑っていなかっただろう。

それを永利が横からかっさらった形で、誠一と彼のマネージャーとは、顔を合わせると微妙な空気になった。

まさかこんなふうに、誠一と二人で酒を飲むほど仲良くなるとは思わなかったし、それは誠一も同じだろう。

移籍前、前の事務所で開催されたチャリティコンサートに、永利のグループと誠一のユニットが参加したのが、仲良くなったきっかけだった。

同じ事務所のアイドルたちが一堂に会したコンサートで、打ち上げも盛大だった。

「『ミューズ』ってやっぱ、氏家《うじいえ》先生とエッチするのも仕事なの？」

打ち上げでいきなり誠一が絡んできて、それを聞いた永利のグループの仲間が切れた。どちらも酔っていて一触即発だったのだが、永利を含めた周りが「まあまあ」となだめて、何だかうやむやになったのだ。

誠一をなだめながら飲んでいるうちに永利も酔っ払い、気づくと二人きり、ホテルの一室で朝まで飲んでいた。

「俺、ゲイなの。永ちゃんもそれっぽいから、氏家先生とそういう関係なのかなあって、興味あってさ。嫌味じゃなかったんだよ。いや、ちょっとかなりすごく嫌味だったけど。ほら、ミューズの件。最初は俺が候補だって話だっただろ」

永ちゃん呼びかよ、と呆《あき》れたが、誠一のあけすけな物言いは嫌ではなかった。

また飲もうね、と別れて、てっきり社交辞令だと思っていたのに、向こうから飲もうと連絡が来た。

それからたまに食事をしたり飲みに行く仲になり、それは今も続いている。互いに同性愛者で、そういう話ができるという気安さもあるのだろう。

ごく稀《まれ》に、互いの自宅を行き来することもあるが、特別な関係になったことは一度もない。永利は紹惟以外の男と寝たいとは思わなかったし、誠一も「俺、ネコだし、永ちゃんは好みじゃないから」とのことだった。

「そうか。この子が次のミューズか。けど、永ちゃんもまだミューズなんでしょ。二人でやるってことは」

網の上の肉を返しながら、誠一は眠そうに瞬《まばた》きしている。無理に誘って悪かったかな、と永利はそれを見て申し訳なく思った。

今夜の食事は、永利が急に誘ったものだ。誠一が忙しいのはわかっていたが、いてもたってもいられなかった。誰かにこの不安を吐き出さないと、崩れてしまいそうだったのだ。

とうとう、自分に取って代わる新たな「ミューズ」が現れた。

観劇の帰り、紹惟から仲野昴也をモデルに抜擢すると聞かされた。彼が次の「ミューズ」だという。

同時に永利もオファーすると言われた。まだどういう形にするのか、はっきりとは決まっていないとも言い、それ以上は教えてもらえなかった。

「なんで今回は二人なのか、よくわからない」

「そりゃ、今までと違うことをやろうってことでしょ」

肉とビールを交互に飲み食いしながら、誠一がすかさず言う。

「『ミューズシリーズ』って、もう何年やってるんだっけ。十何年？　いくら『ミューズ』が売れて、氏家紹惟が著名な写真家でも、やっぱり飽きられるよ。三代目でマンネリ化してたのを、四代目に男性モデルが起用されて持ち直した。でも次はただ、モデルを変えるだけじゃ目新しくない」

だから今度は数を増やしたのではないかと、誠一は分析する。

紹惟の写真が飽きられる、という見方には反発を覚えたが、冷静に考えれば誠一の言葉はもっともだと思った。

「彼氏の前でなんだけど、氏家先生も昔ほど売れてるわけじゃない。まあ、昔がすごすぎたんだけども。永ちゃんの写真集が一発目に出た時、あれが最高潮だったよね。十年も同じモデルでよく続いてると思うよ。愛だね」

「嫌味か、それは。彼氏じゃねえし、愛でもねえ」

永利は悪態をついて、誠一が焼いている肉を横取りした。誠一の物言いには腹が立つが、悪意がないことは知っている。なんでも率直すぎるのだ。

それに、誠一の言葉も一理ある。十年前のことを考えれば確かに、今の紹惟に昔ほどの勢いはない。

誰にでも、どんな売れっ子や大物にも波がある。常に第一線で活躍しているように見えても、浮き沈みはあるのだ。

人々の興味は移ろいやすく、飽きやすい。永利の周りでも、たくさんのモデルや俳優、アイドルたちが浮かんでは沈んでいった。沈んでいく方が圧倒的に多い。

人気絶頂で、日本全国誰もが知っていて、毎日顔を見ない日はない、というタレントが、翌年には「そういえば、あんな人もいたね」と言われたりする。

堅実にキャリアを積んでいる役者でも、いつの間にか見かけなくなる。才能のある人間はいっぱいいて、さらに後から後から、若い才能が湧いてくる。永利たちが生きるのは、そういう世界だ。

それとよく似た世界に、紹惟もいる。

「氏家先生も、いろいろ考えてるんじゃない？　天才だの売れっ子だの言われても、いつ足元をすくわれるかわからないしさ。タレントと同じで、写真撮る人もいっぱいいるから」

「まあ、自由業なんてみんな、一寸先は闇だけどな」

「そういうこと。明日をも知れない身なわけよ。氏家先生も、あんたも俺も。常に生存戦略を考えていかないと」

誠一の口調は、自分に言い聞かせているようだった。そういえばこいつも、もう三十なんだよなあ、と年下の友人の顔を眺めて、思う。

「怖いな」

永利はぽつりとつぶやいた。いろいろなことが怖い。

でも自分が一番恐れているのは、人気の凋落《ちょうらく》より何より、紹惟との関係が終わることなのだ。

身体の関係が終わって、本当にただの友人になって、自分は耐えられるのか。

この十年、上へ上へと仕事を頑張ってきたのも、紹惟に捨てられないようにするため。すべての行動理由は、紹惟への想《おも》いへと帰結する。

依存どころの話ではない。

そういう自分が怖かったし、紹惟と離れたとして、自分がどうなってしまうのか不安だった。仕事もやる気を失って、そうしたらあっという間に干されてしまう。

自分から仕事を取ったら、何も残らないのに。

「捨てられたくないなあ」

「はあ？　仕事じゃなくて恋バナ？　そういうの、本人に言いなよ。先生の前では澄まして、俺はお前に惚《ほ》れてなんかいないんだぜ、みたいな態度取るの、意味なくない？」

本当に誠一は、ズケズケと物を言う。言い返せなくて、「うるせえな」と八つ当たりした。

素直に気持ちを伝えられたら、どんなに良かっただろう。

たとえ拒絶されても、好きですとまっすぐに言い続けられる勇気があったら。

でも同時に、こうして常に一歩引いて、お互いにつかず離れずの関係を続けてきたからこそ、紹惟と長く付き合ってこられたのだ、という自負もある。

「どのみちもう、今さらだろ。言えないよ」

「ミューズ」は次の代へ、紹惟の永利への興味も冷めたということだ。そんな時分になって、捨てないでなんて言えない。

以前、紹惟に本気になって自殺騒ぎを起こした男と同様、冷たくあしらわれるだけだ。

永利はそんな過去の事実に思いを馳《は》せていたのだが、誠一は「こじらせてるね」とつぶやき、網の上に新しい肉を並べた。

「でも、十年も続いてるんでしょ。俺は氏家先生もちゃんと、永ちゃんのこと好きだと思うけどな。もちろん、恋人として」

「俺以外の奴《やつ》とヤリまくってても？」

「うーん。それはまあ、お互い様っていうか」

「俺はヤってないもん」

不貞腐れて言うと、誠一は「えっ」と本気で驚いた顔をした。永利は「なんだよ」と相手を睨む。

「前に言っただろ」

永利にも業界でのあれやこれや噂《うわさ》はあるが、紹惟としか経験がないのだと、酔ったついでに誠一に打ち明けたことがある。あの時は確か、「重いな〜」と笑われたのだ。

「いや、聞いてたけどさ。それ、もう何年も前の話だろ。え、マジで？　あれからずっと？」

「別にいいだろ。好きじゃない奴とのセックスなんて興味ないし」

誠一は「わー、すごいね」「重いね〜。でも、いさぎよいね〜」と大袈裟《おおげさ》な声を上げていたが、馬鹿にされている気がしてならない。

「いいんだ。紹惟に捨てられたら俺、一生誰ともやらない」

永利も酔いが回っていたから、拗《す》ねて言った。誠一がまた、わーわーと、声を上げる。友人と飲んで食べて、愚痴をこぼすと少しだけ、気が晴れた。何も解決はしていないが、どのみち解決しようのない問題だ。

自分はただ、紹惟が起用してくれる限り、最良の仕事をするよう努力するしかない。ただそれだけだ。

誠一はよほど疲れていたのか、頼んだ肉を食べ終えると、うつらうつらしはじめた。

「今日はありがとうな。タクシー呼ぼう。家まで送るよ」

永利が言うと、眠い目をしているくせに「送り狼《おおかみ》ね。エッチ」とジョークを飛ばし、「マネージャー呼んで」と携帯電話を差し出した。

「外で酒飲んだら呼べって言われてるんだ」

今夜、永利と飲むこともあらかじめ伝えてあったらしい。「まねーじゃ」という名前で登録された番号にかけると、男の声で「すぐ迎えに行きます」と応答があった。

外で待っていると目立つので、会計を済ませて個室で待たせてもらった。

「相変わらず、きっちりしてるんだな」

誠一は好き勝手しているようで、実際は事務所にプライベートまで管理されている。永利からするといささか窮屈にも思えるが、前の事務所でも同様の管理をされていた誠一は、「これはこれで楽だよ」とあっさりしている。

「永ちゃんも送るから、乗ってきなよ」

「いや、大丈夫。俺はタクシーで帰るから」

時計を見ながら言って、どうしようかなと考える。もうかなり遅い時間だった。ここから自宅は遠いが、紹惟の家ならタクシーで十五分ほどだった。

明日も仕事があるから、泊まらせてもらえるとありがたい。今までも、そういうことは何度かあった。紹惟の都合が悪くて、断られる時もある。

今は人が来ているから、と断られたこともあった。深夜、あの時は隣から誰か他の人の声がしたのだっけ。

「あ、氏家先生んちに泊まるの？」

永利の携帯のディスプレイに、紹惟の連絡先が表示されているのを見て、誠一がニヤニヤ笑う。

過去の苦い記憶をほじくり返し、連絡しようか迷っていたから、永利は「いや……」と曖昧に濁した。

「はあ、またウジウジして。ちょっと、オジサンに貸してみなさい」

「自分のこと、オジサンて言うなよ。お前がオジサンなら俺もオジサンになるだろ」

携帯に手を伸ばしてくる酔っ払いに応戦したが、こちらも酔っているのであっさり奪われてしまった。誠一は鼻歌を歌いながら電話をかける。

「おい、やめろって」

携帯を取り戻そうとしたが、誠一は「しっ」と人差し指を口元に当てて永利を睨み、「もしも〜し」と、酔っ払い丸出しの浮かれた声で話し始めた。

「こちら、氏家紹惟先生のお電話でよろしかったですか。あ、わたくし、梅田誠一です。ハイ、超人気タレントの。今から、永利をそちらにやってもいいでしょうか」

「こら、酔っ払い」

「……俺が飲みすぎちゃいまして、ハイ。今夜はもーチンコが勃《た》たないので、先生にバトンタッチできないかと」

「おい、ふざけんな」

ペラペラと好き勝手に喋《しゃべ》る誠一に、泡を食って携帯電話をひったくった。何が勃たないだ。永利相手に一度も勃ったことなどないくせに。

「紹惟、ごめん。俺……」

『今、どこにいる』

「え？　あの、焼き肉店。六本木《ろっぽんぎ》の……」

店の名前を告げると、『迎えに行く』という答えが返ってきた。

「えっ、いや、タクシーで……」

『店の中で待ってろ』

言うなり、電話は切れてしまった。誠一がニヤニヤしながら「どうだった」と聞いてくる。永利は驚いて、友人を睨むのも忘れていた。

「今から迎えにくるって」

ひゅー、と誠一が擬音をつぶやく。

「どうしてだろう」

こんなこと、初めてだ。もっとも、今まではたいてい、タクシーなど移動の途中で泊まっていいかと尋ねるばかりで、酔って電話をかける、というシチュエーションはなかったのだが。

「永ちゃんが心配だからに決まってるでしょ。ビッチのくせにカマトトぶっちゃって」

このぶりっ子が、と赤ら顔で誠一が悪態をつく。すっかり酔っ払いのおっさんだ。やはり、個室で待たせてもらって良かった。こんな顔を誠一のファンには見せられない。

永利が「ビッチじゃねえよ」と、小突くと、ヒャヒャ、と例の妙な笑い声が上がった。

「でも、永ちゃんが遊びまくってるビッチだって、定番の噂だからね。俺と恋人説も根強いし」

「……まあな」

永利も、自身がなんと噂されているのかは知っている。紹惟の「ミューズ」になったせいか、男性と浮名を流しているという噂がいつからか流れ始めた。

中には具体的に誰それと付き合っている、というのもあって、誠一との噂もその一つだ。

この手の話は、否定したところで信じてもらえるものではないし、流れるまま放っておいているのだが、おかげですっかり遊び人のレッテルを貼られてしまっている。

一緒に仕事をする相手から、「俺はストレートだから」などと予防線を張られたこともある。頼まれたってお前なんかとヤらねえよ、と言いたい相手だったが、これが一度や二度ではないのだ。

紹惟に対しても、さんざん遊んでいるようなそぶりを見せてきたのだから、確かに今さらカマトトぶっても無意味だろう。

誠一と飲んで酔っ払い、羽目を外さないか心配されたのだろうか。

「でも永ちゃん、やっぱり愛されてるんじゃない？　普通はさ、ビッチのセフレにここまでしてくれないよ。仕事のこととか、相談に乗ってくれるって言ってたじゃない」

「大事にしてもらってると思うよ。それに、すごくお世話になってる。相談に乗ってもらったり、他にもいろいろ良くしてもらって」

そこは素直にうなずいた。恋心とは別に、紹惟には感謝しきれないほど感謝している。

紹惟に育ててもらったと思っているし、仕事の転機には彼に相談し、結果として良い方向に進むことができた。

「事務所も変わって、俳優としての仕事も積極的に受けられるようになったし」

前の事務所では、役者をやってみたいと言っても、あまり聞き入れてもらえなかった。モデルの仕事と、なぜか音楽関係の仕事ばかり入れられていた。

「あのまま元の事務所にいたら、本格的に歌手デビューさせられてたよ」

音楽には興味がないと言っていたのに、結局ＣＤを二枚も出すことになった。仕事の幅は広がったかもしれないが、やはり永利に音楽の才能はなかったし、ＣＤの売り上げも散々だった。

「ああ、ね。あの事務所も悪くはなかったけど、今思うと、マネージャーの裁量がデカかったよね。俺も移籍してわかったけど。俺はともかく永ちゃんは、あのマネージャーと別れられて良かったと思うよ」

売れないアイドル時代から面倒をみてくれた、あの女性マネージャーのことだ。紹惟や紹惟の事務所スタッフにも評判が悪かったが、誠一も良く思っていなかったらしい。

聞いた話によると、永利が事務所を移ってすぐ、彼女も事務所を退所したという。彼女が今、どうしているのか知らない。

「永ちゃんが売れてから、浮かれてたじゃない。いろいろ、やらかしてたらしいしね」

「え、そうなのか？」

それは初耳だった。永利が聞き返すと、誠一は「俺も噂しか知らない」と前置きした。

「情報漏洩《ろうえい》してたって、前のマネージャーから聞いた。俺も事務所を移るのが決まってたから、あんまり詳しい話は教えてもらえなかったけど」

何の情報だろう。もう少し話を聞きたかったが、その時、誠一の携帯電話に着信があった。

彼の迎えが店に到着したらしい。

「じゃあお先に。肉、ごちそう様でした」

赤い顔のまま、それでも個室を出る時にはしゃんとして、誠一が手を振る。永利も軽く手を上げた。

「ありがとう。無理言って悪かった」

「先生にも、そうやって素直になりなね」

一言多い。思わず睨むと、ニヤッと笑って去って行く。

ドアが閉まるのとほとんど同時に、永利の携帯電話が鳴った。紹惟の到着を告げる電話だった。


紹惟はいつも感情がフラットだ。

仕事では厳しいことも言うけれど、それでも感情的になって声を荒らげることはない。仕事でもプライベートでも、常に淡々としている。

今もそうだった。真夜中近くにいきなり電話をして、しかも酔っ払いの友人が失礼なことを言ったのに、怒った様子もない。

「気分は？　吐くなら早めに言え」

　店から出てきた永利に、開口一番そう言った口調は、やはり淡々としていて事務的でさえあった。助手席に乗ると、エチケット袋がわりにビニール袋を渡された。

「いや、俺はそこまで飲んでないんだよ。ごめんね。普通に泊めてって連絡するつもりだったんだけど」

　誠一のあの様子から、永利もよほど酔っていると思われたのかもしれない。

「梅田誠一だろう。さっき、入り口で会った。違う男と一緒だったぞ」

「たぶんマネージャーだと思う。さっき、電話してたから」

　紹惟は進行方向を見たまま、「ふうん」と小さく相槌《あいづち》を打った。それきり、車内は静かになる。

　彼が一度もこちらを見ないのが気になった。運転しているのだから、前を向くのは当たり前なのだが、やはり怒っているのだろうかと不安になる。

「……ごめん」

　もう一度謝ると、紹惟はようやく、クスッと笑ってちらりとこちらに視線を寄越した。

「どうした？」

「いや、だって。いきなり電話したし。今日、本当に泊まって大丈夫？」

「都合が悪い時は言う。今までもそうだっただろう」

どうして今さら、そんなことを聞くのかという口調だ。

「うん。でも、何も言わずに迎えにきてくれたから。びっくりして」

今までそんなことは一度もなかった。だが紹惟は「そうだったか?」と意外そうな顔をした。

「初めてだよ」

「そういえば、そうかもな。だいたい、お前だってあまり、俺を頼ったことはないだろう」

「いや、むちゃくちゃ頼ってるじゃない」

言いながらも、確かにこんなふうに我がままを言ったことはなかったなと思った。

今夜泊めてくれない、と電話をする時は、いつだって断られることを覚悟していた。永利が予告なく連絡をした時、紹惟は一人かもしれないし、別の誰かと一緒かもしれない。

ロシアンルーレットみたいなものだ。いつシリンダーの実弾が発射されてもいいように覚悟を決めていて、だから迎えに来させるなんて考えたこともなかった。

こんなふうに、我がままを言っても良かったのだろうか。

愛されてるんじゃない、という誠一の声を思い出す。ここ数日、新たな「ミューズ」の存在に落ち込んでいた気持ちが、急速に浮上するのを感じた。我ながら現金だと思う。

自宅に着くと、紹惟は「先に上がってる」と言って二階の寝室に引っ込んだ。素っ気ないが、これはいつものことだ。好きにしていい、という意味で、永利はキッチンへ向かった。

冷たい水を飲むと、頭がすっきりした。だいぶ酔いも冷めてきたようだ。

使ったグラスを食洗器に入れようとして、流しにティーカップが置きっぱなしになっているのに気づいた。

カップは二つ。来客用に出すものではなく、普段使いのものだ。

紹惟はこまめに片づけをする性格だから、長い時間、使った食器を放りっぱなしにすることはない。もしかしたら永利を迎えに行く直前まで、ここに人がいたのかもしれない。

まとめて食洗器に放り込もうとして、カップの一方に、べっとりと口紅が付いているのに気づく。永利は思わず顔をしかめた。

まるで永利に対して存在を主張しているかのように思えて、洗剤を振りかけてスポンジでゴシゴシと擦《こす》った。

食洗器のスイッチを入れ、ついでにスポンジをゴミ箱に放り込むと、ようやく気が晴れた。

それから二階に上がり、シャワーを浴びる。裸のまま寝室に入ると部屋の照明は落とされ、ベッドライトだけがほんのりと灯《とも》っていた。

紹惟はベッドで目をつぶっている。そっと足を忍ばせて近づくと、ぱちりとまぶたが開いた。

「……明日は、仕事は？」

「朝から。マネージャーにメールを入れたんで、こっちに迎えに来る」

相手が「そうか」とつぶやいて再び目を閉じたので、今日は何もせずに寝るのだと思った。

そういう日もある。紹惟の隣に潜り込むと、互いの素肌が触れ合った。慣れ親しんだ感触にうっとりする。それだけで幸せな気分になる。

だが、こちらが目をつぶろうとした時、紹惟が不意に身を起こして永利に覆いかぶさった。

何も言わずにキスをするので、少し驚く。目を瞬《しばたた》せると、紹惟も意外そうにキスを止めた。

「……するんじゃないのか？」

そのために呼んだんだろう、と言わんばかりの口調だ。それで永利は、先ほどの誠一の悪ふざけを思い出した。

今夜は自分が勃たないから、紹惟に預けるというようなことを、彼は言っていたのだ。紹惟はそれを真に受けていたらしい。

永利は自分が、どういう反応をするべきなのかわからなかった。

俺はビッチじゃない、と怒るべきだろうか。今さら？　紹惟は今、どういう気持ちで永利を抱こうとしているのだろう。

ただ永利が欲しがっているから、自分の身体を与えるのだろうか。

手を動かし、そっと相手の性器に触れてみる。紹惟はそれに軽く息を詰めたが、性器は柔らかかった。

「別に、ヤりたいから泊めてくれって言ったんじゃないよ」

「わかってる。うちが近かったからだろ」

「それは、そうだけど……」

六本木から紹惟の家が近かったこと、明日も仕事があるから泊めてくれと言った。それは確かなのだが、それだけを言うとまるで、永利が紹惟を便利に使っているかのようだ。

家が近いとか朝が早いとか、そんなのは言い訳で、ただ紹惟に会いたかったから。迎えにきてくれて嬉《うれ》しかった。

素直に言えたら、どんなにいいだろう。

「今日はいいよ。こうしてるだけで、気持ちいい」

本音をすべて口に出せないかわりに、永利は紹惟を抱きしめた。素肌の感触と温《ぬく》もりを味わいながら、逞《たくま》しい胸に頬を摺り寄せる。

紹惟も小さく笑い、永利の身体に腕を回した。

「小悪魔。……いや、小って年でもないか」

軽口に、永利は相手を睨みつける。ふざけて髪を引っ張ると、紹惟はまた笑ってキスをした。永利もそれに応え、二人で戯れるようにキスをして、素肌をまさぐり合った。

「さっきまで、誰か来てたの。俺が来て、大丈夫だった？」

「ああ。杏樹子《あきこ》がな。……そんな顔をするな」

我知らず、眉間に皺《しわ》を寄せていたらしい。紹惟は微笑んで、いたずらっぽく永利の眉間を指でいじった。

「あいつとは何も、問題になるようなことはしてないぞ」

「旦那とは離婚済みなんだっけ」

だからもう、不倫だとすっぱ抜かれることもない、というわけだ。

つん、とわざとそっぽを向くと、紹惟は機嫌を取るように頰に甘くキスをした。

「ただ相談に来ているだけだ。離婚した後で、養育費について揉《も》めてるんだそうだ。相手も現役引退と再婚を考えてるそうで、杏樹子もここ最近は仕事が減ってる。心細いんだろう」

それで、元夫に泣きついているのか。厚かましい女だと思った。いや、子供のことを考えたら、なりふり構っていられないのだろうか。

そして紹惟は、身内に対しては意外なほど面倒見がいい。事務所のスタッフに対しても手厚いし、別れた女房にもこうして、相談に乗ってやっている。

(俺だけじゃないんだよな)

迎えに来てくれて、浮かれていた。いつもそうだ。優しくされて浮かれて、つい期待をしてしまう。

そのたびに、ぴしゃりと叩き落とされる。自分だけが特別ではない、紹惟にとって永利は、決してどうでもいい存在ではないけれど、それでも数ある身内の一人に過ぎない。

わかっているのに、性懲りもなく期待する。

永利は紹惟を独り占めしたい。ただそばにいるだけでいい、なんて殊勝ぶっておきながら、本当は自分だけを愛してほしいと思っている。

馬鹿だなあ、と永利は心の中で自分を笑った。新しい「ミューズ」が来たら、今のような関係も終わる。その日はもう、すぐ間近まで来ているというのに、まだ期待をしていたなんて。

「やっぱり、抱いてもいいか」

何度もキスをするうちに、紹惟の性器が硬く勃ちかけていた。永利は微笑んで、紹惟の首に腕を回す。

「うん。して」

紹惟に抱いてもらえる。自分にはまだ価値がある。それなら今は……今だけは、先のことを考えてくよくよするのはよそう。

足を絡めると、性器が擦《こす》れ合う。緩やかに上がっていく体温を感じ、永利は目の前の快楽にしばし没頭した。

『鏡よ鏡、この世で一番美しいのは誰？

それは白雪姫です、と鏡は言った。

白雪姫はあなたの千倍も美しい』

仲野昴也と実際に会ってまず思ったのは、「若いな」ということだった。

ありきたりな感想だが、張りのある滑らかな肌が眩《まぶ》しく、顔立ちは十代のような幼ささえ感じられた。

「わー、本物だ。すみません、瀬戸さんのファンなんです。お会いできて嬉しいです」

初対面の永利に対して物怖《ものお》じせず、ペラペラと捲《まく》し立てる。人懐っこいというより、セールストークに長《た》けた営業マンのようだ。

「ありがとう。俺も会えて嬉しい。君の芝居を見たんだ。すごい役者だなって思ってた」

永利も精いっぱい社交的に応じたが、「ええっ、本当ですか?」と驚くところから、「嬉しいなあ。光栄です」と微笑むまで、大げさすぎず、かといってお愛想ばかりにも見えず、ちょうどいい間というのを心得ている。

初めて昴也の存在を知ってから、数か月が経っていた。

その間に、紹惟の新たな「ミューズ」の企画が進み、永利も正式にオファーを受けた。

このところ目立った話題がなかった氏家紹惟の、久々に大きな企画だ。

十年前、永利が「ミューズ」となった最初のプロジェクトでは、写真集と写真展の他、企業とタイアップした映像作品を制作したが、今回はさらに企画を広げ、紹惟の写真集の世界観をモチーフとして、メディアミックス作品が制作されるという話だった。

写真、ドラマ、ドラマの挿入曲にも使われる音楽、それからプロジェクトのメインスポンサ

ーとなる、家電メーカーと飲料メーカーのCM映像。

紹惟は写真を担当する他、プロジェクトの総合プロデュースを行う。

各方面へのオファーも紹惟が主体となった。ドラマの監督と脚本家には紹惟の熱心な依頼で、近年ヒットを数多く飛ばしている若手の二人が選ばれた。

各方面へのオファーとスケジュールの調整が行われ、秋が終わり、年をまたいで、今日は主なプロジェクトの関係者が一堂に会していた。

今回は制作物が多岐のメディアに亘《わた》る中、それぞれの制作を担うスタッフが顔を揃《そろ》えるのは初めてのことだ。

場所は都内にあるカフェ風のレンタルスペースで、同じビルに今回のプロジェクトを指揮する制作会社が入っている。

主に映像関係の企画、制作を行う会社らしいが、紹惟の事務所が出資しており、事実上の子会社だった。

制作会社の社長で、今回の総指揮を取る男は、永利と同じ年である。初めて顔合わせをしてみて、全体的に関係者の年齢が低いと感じた。

その中で、昴也はもっとも若い。実際に会うと舞台で感じたよりずっと小柄で、顔立ちも平凡だった。どこにでもいる、普通の若者という印象だ。

ただ、誰に対しても物怖じせず、そつなく振る舞える。永利みたいに芸歴が年の数のくせに、仕事以外ではぼんやりしている三十二歳より、よほどコミュニケーションに長けていた。

「演技といっても、今まで舞台ばっかりで。俺、映像の経験がほとんどないんです。でも精一杯食いついて行きますので、よろしくお願いします」

舞台役者らしい、よく通るまっすぐな声で昴也は言い、永利にぺこりと頭を下げた。

平凡な顔だと思ったが、仕草も態度もまっすぐで癖がない。嫌味がなくて、誰からも嫌われない、無難なタイプだ。

サラリーマンでも出世しそうだなと、いささか斜に構えてしまうのは、昴也の隣に常に紹惟がいるからかもしれない。

永利に頭を下げて挨拶を終えた昴也は、ちらりと傍らにいる紹惟をうかがった。紹惟は、それでいい、というように小さくうなずく。

「演技のことは心配してない。といっても今回、写真以外は俺の担当外だから、勝手にやってくれ」

「そんなあ。冷たいですよ」

紹惟の言葉に、昴也が情けない声を上げる。周りも「ひどいなあ」と笑って、永利もそれに倣う。

紹惟と永利のいる場で誰もそう呼ばないが、昴也が次の「ミューズ」なのは明白だ。この場の誰もが、永利をメインキャストとして立てつつも、昴也に注目している。

正式なオファーを受けた時、今回のメインモデルは二人だと伝えられた。『二人の男』。それが写真集のタイトルであり、ドラマのタイトルでもある。永利と昴也、どちらも主役という話だったが、しかし今日、こうして二人が同じ場に立った時、紹惟が付くのは昴也の側だった。

昴也はモデルとしては新米だし、初めて組むモデルを写真家が気遣うのは当然だ。むしろ、永利のそばにいる方がおかしいだろう。

わかっている。頭では理解しているのに、胸の中の黒い感情が消えない。

紹惟との仕事で、別のモデルと組んで仕事をするのは、これが初めてではなかった。ただ、あくまでも永利が主役で、他のモデルたちは脇役、という扱いだったので、まだ安心できた。

しかし、今回の主役は二人。そして、どちらかといえば昴也がメインだ。

今さら、新しい企画で永利を前面に押し出しても、人の興味を惹《ひ》くことはない。十年もの間、紹惟の作品の「顔」であり続けたのだ。

良くも悪くも、みんな慣れきってしまっている。それは永利も肌身で感じていたし、紹惟が気づかないはずがない。新しい風が必要だと、誰もが感じていた。

そんな中、登場したのが昴也である。みんなが注目するのは当然だろう。

「でも、楽しみですね。お二人が白雪姫と魔女って、想像がつかないけど」

「白雪姫はあくまで、概念ね。でしょ、先生」

周りから話を振られて、紹惟が「概念というか、モチーフだな」と応じる。

「単純に、二人を対立させたかったんだ。白と黒、正義と悪、表裏一体のものとして。思い描いていた概要に白雪姫の話が合ったんで、拝借した。モチーフは、万人にわかりやすい方がいいだろう」

紹惟の写真作品と、その世界観を踏襲する、ドラマと音楽、それからＣＭ映像。ドラマは、地上波のテレビドラマになることが決まった。一話二時間、全三話の長編だ。

有名な写真家の世界観、とただ言われても、ピンと来ない。だから、誰にでもわかりやすいモチーフが必要だったと、紹惟は説明する。

それが「白雪姫」なのだそうだ。白雪姫と言えば七人の小人が登場する、可愛らしいアニメーション映画が有名すぎるほど有名だ。

ただし今回、焦点となるのは、白雪姫と姫を殺そうとする魔女、二人の対立だった。

白雪姫が昴也で、魔女は永利だ。

最初に企画書を読んだ時は、自分が完全な悪役としてキャスティングされていることに、まず驚いた。

今まで永利は、どちらかといえば白い王子の役目だった。

最初の「ミューズ」としての写真集が中性的で、かつ生まれたての無垢《むく》なイメージだったので、その後の仕事も若々しさや爽やかさを求められることが多かった。

役者として転機となった朝ドラでは、ヒロインの窮地を救う元華族の貴公子役で、その後も善良な役が続いた。

完全な悪役、というのはこれが初めてだ。悪い役ではない。でも、自分にできるのだろうか。

紹惟の写真のモデルとしてだけなら、それほど不安ではなかった。ずっと彼と一緒に仕事をしてきたし、いろいろな顔を演じてきた。

でも、ドラマとなると話は違う。映画もテレビドラマもそこそこ数をこなしてきたが、もともと自分がモデルだという意識があるせいか、いまだに役者としての自信を持ちきれずにいる。

（いや、違うか）

目の前の昴也の笑顔を眺めながら、永利は自分の内面を否定した。

役者として自信がない。それもある。だがそれよりも、自分はこの昴也が怖いのだ。

自分より若くて、演技の才能が抜群にある、可能性の塊のような青年が。

彼と並んで演技をして、比べられるのが怖い。必死で取り繕ってきたのに、才能のなさが露呈してしまう。

紹惟に起用され、彼が押し上げてくれたからこそ、今の自分がある。永利の実力だけでは、ここまでの成功は得られなかった。

名前が売れてもてはやされるようになったけれど、永利の才能など知れたものだ。

もちろん、自分なりに努力はしてきた。努力に勝る才能はないと言うが、こちらがどんなに必死になってもできないことを、軽々とやってのける怪物がこの世界には大勢いる。

生まれ持った感性、リズム感、身体能力。そうした素質にさらに努力で磨きをかけているのだ。昴也もそんな、怪物の一人だった。

彼と並んだら、否が応でもメッキが剝げてしまう。紹惟がかけた魔法が解けて、永利が鳴かず飛ばずの凡人であった事実が明らかになる。

その後は、紹惟の興味は完全に昴也に移り、「ミューズ」でもなくなった永利は仕事も落ち目になって、後には何も残らない……。

そんな悲観的な未来を、このところ永利は繰り返し想像していた。

今まで、紹惟からオファーされた仕事は、どんなに忙しくても引き受けてきた。断るという選択肢すらなかったが、今回初めて、やりたくないと思ったほどだ。

結局、逃げる勇気もなくて今日、ここにいるのだが。

「姫って柄じゃ、ないんですけどね。しかも白雪姫なんて。ほんとに不安なんですよ」

重すぎず、でも本心をのぞかせている、というように昴也は笑う。もちろん、少なからぬ本音ではあるのだろう。舞台での実績があるとはいえ、大抜擢だ。

「特にモデルっていうのが。瀬戸さん。何か、コツとかあるんですかね」

突然、昴也から話を振られ、ぼんやりしていた永利はハッと目を瞬かせた。

「瀬戸さんが初めて『ミューズ』に抜擢された時は、どうでした？　緊張しました？」

コツ、という曖昧な質問に答えあぐねていると、人懐っこく畳みかけられる。昂也の口から出る「ミューズ」という単語にぎくりとした。

周りの注目が永利に集まる。何か気の利いたことを言うべきなのだろうが、何も思いつかなかった。

「うん、緊張した。なんで俺が選ばれたのかわからなかったし、不安だったな。氏家先生の顔は怖いしさ。何を考えてるのかわからないし」

わざとそんなふうに言って紹惟を見ると、彼も「そんなに怖かったか？」と不本意そうな顔を作った。

「氏家先生と瀬戸さん、やっぱり仲がいいんですね」

そう言ったのは昂也ではなく、ドラマの制作関係者だという男だった。二人の仲も、噂で知っているのだろう。どこか含みを持たせた口調だった。

「そりゃあまあ」

「付き合いが長いからな」

永利と紹惟が続けて言い、二人のやり取りに先ほどの男も「ほらね」とニヤついた顔をしながら肩をすくめた。

「昂也君も、頑張って間に入って行かないと。二人の仲を壊すくらいの意気込みで」

聞いている方も反応に困るセリフだ。昂也がすかさず「ボクには無理ですよお」と情けない声を出すのに救われる。

先の男はまだニヤニヤしていたが、うんざりしたのか誰かが話題を他に移した。

男は昴也に、頑張って紹惟を奪い取れと暗に言いたかったのだろう。紹惟を巡って、永利と昴也が恋のさや当てをすることを期待している。

恐らく、今回の企画を知った多くの人が、作品に関係なくこうした期待を抱くだろう。

下世話な話だが、映画やドラマの制作現場でも、よく恋の裏話がゴシップとしてもてはやされる。今回は全員が男性だが、もはや珍しいことではないし、男性同士の恋愛話を好む女性にはうってつけの話題だ。

そうした話題性もまた、紹惟の計算の一つなのだろう。

相変わらず冷徹な男だと、談笑する紹惟を一歩離れたところで眺めながら、嘆息する。

作品を売るために、常に出せる手を尽くす。時には自分の私生活も躊躇《ちゅうちょ》なく利用して、紹惟は我が道を進んでいく。

永利も彼のそばにいたいなら、「ミューズ」を卒業しても彼の友人であり続けるのなら、その背中をずっと追い続け、走り続けなければならない。

自分は、どこまで走り続けられるのだろう。

昴也に優しい眼差しで微笑みかける紹惟の姿が、今はずっと遠く感じられた。

白雪姫をモチーフとした「二人の男」は、国籍不明の架空のファンタジー時代劇である。それぞれ異なるメディアで制作される作品の共通したストーリーだ。

役柄にはそれぞれ和名が用いられているが、あらかじめ送られてきた設定書によればヴィジュアルは日本寄りの東アジア風ということだった。

衣装には新進気鋭の若いデザイナーを起用し、凝ったものになるという。写真展と共に、衣装展も行われる予定だとか。

魔女役である永利《えいり》は、国王の信頼を受ける国の宰相である。たぐいまれな美貌によって王の寵愛《ちょうあい》を受け、低い身分から手段を選ばぬ策略で宰相にまで上り詰めた野心家だ。

幼少期、王族の気まぐれで家族を殺され、貴族の奴隷となって苛烈《かれつ》な子供時代を送ったことから、王族や貴族といった特権階級を憎悪している。

ゆくゆくは老いた主《あるじ》を傀儡《かいらい》とし、自らが王ならんと画策している。

ナルシストな一面があり、自分の部屋の鏡に、この国で誰が一番美しいかを毎日のように問いかけている。

対して白雪姫の昂也《こうや》は、王の家臣の息子である。実は国王の実子なのだが、母親の身分が卑しいとされたため、家臣に養子に出されてしまう。その事実は王と家臣、それに本人しか知らない。

この、若く美しい王の隠し子が元服を終え、宮廷に現れるところから、物語は始まる。

彼は国王と養父、二人の父のため、ひいては国のために力を尽くそうとし、私欲のために宮廷を掌握しようとする宰相と対立する。

若者は正義を貫こうとし、宰相は国王と家臣たちの信頼を得ていく彼を嫉妬、憎悪する。

若者は、はじめのうちは宰相が向けるほどの憎悪を相手に抱いてはいない。ただひたすら国のため、正義のために生きる真っ白な役だ。

しかしその後、宰相から謀反の罪を着せられ、若者の家族と婚約者は処刑されてしまう。

若者は味方の手引きで命からがら国外へ逃げ延びたものの、家族と婚約者を奪った宰相と、宰相の色欲に翻弄される国王とに強い憎悪を向けることになる。

善良な隣国の執政者の協力を得て、生き残った味方と共に国王と宰相を倒し、自らが王となる決意をするのだった。

一方、宰相のいる国は、若者をはじめとした優秀な家臣たちを失ったことで、まともな執政を行うことができなくなっていた。

宮廷は腐敗し、国王は求心力を失っている。宰相は、ここに若者がいれば、まだまともな政治が行えたであろうと、皮肉に思う。

また国は荒れ、民が困窮する様を見るにつけ、これが自分のやりたかったことなのかと懊悩《おうのう》するのだった。

最後に、若者は挙兵して母国に攻め入り、実の父を倒す。

宰相と対峙《たいじ》し、死闘を繰り広げた末、宰相は若者に殺される。悪政を正さんとする若き王に滅ぼされた宰相の死に際は、穏やかで安堵《あんど》しているようでもあった。

これが、異なるメディアで制作される作品群の、共通したストーリーである。

ストーリー自体は、ありふれたものだ。白雪姫でなくても、当てはまるモチーフはいくらでも思いつくが、紹惟《しょうい》が白雪姫と指定したのだから、そこに意味があるのだろう。

魔女、宰相は美味《おい》しい役だと、梗概を読んで永利は感じた。

宰相は、その立ち位置や行動理由が明確で、わかりやすいキャラクターだ。一方、若者役は掴《つか》みどころがなくて難しい役に思える。

宰相と国王に身内を殺され、憎悪を抱いてもなお、正義を貫こうとするからだ。ともすれば、綺麗《きれい》ごとばかり言う偽善者のように見られてしまう。これを観客に愛されるよう、魅力的に演じるのは非常に難しい。

悪役は、何もしなくてもキャラクターがはっきりしていて存在感が強いので、下手をすると若者が宰相役に食われて、悪役の引き立て役になってしまう。

紹惟を知らない人が見たら、永利に花を持たせた配役だと思うかもしれない。相手役がテレビではほぼ無名の新人だから、余計にそう捉えられる可能性がある。

しかしそれなら、底知れない実力を備えた昴也を抜擢《ばってき》したりはしないだろう。紹惟は難役の若者に期待をしているのだ。

かつて、永利がミューズに抜擢された当時、紹惟が言っていた。

みんながただの石だと思っていたものを密《ひそ》かに削り出し、一番美しく見えるように装飾を施して世に出す。みんなが驚き、魅了される。そういう仕事がしたいのだと。

昴也の才能はまだ、大勢の知るところではない。紹惟はすでに磨き終えた永利ではなく、昴也を磨きだして世に出したいのだ。

そういう意味で、今回の企画の本当の主役は昴也一人、添え物で引き立て役なのは、永利の方だった。

「何度言ってもだめだな。それじゃあ、ただの猿回しの猿だ。俺に人間を撮らせてくれ。まだ一枚も使える写真が撮れてないぞ」

カメラのディスプレイから顔を上げ、紹惟が冷たく言い放った。

永利の目の前でやたらと飛び跳ねたり笑顔を振りまいていた昴也が、びくっとする。紹惟はため息をつき、周りにいるスタッフたちに「休憩しよう」と言った。

みんながふっと息を吐き、それでも緊張しているのを感じる。昴也が小さな声で「すみません」と謝った。

「二人の男」の撮影が始まった。プロジェクトの始動が公にされ、紹惟の予想した通り、正式に「二人のミューズ」というキャッチフレーズが付いたようだ。

ミューズは女神なのに、二人とも男性だが、もう細かいことは誰も気にしない。

紹惟の写真集の世界観をモチーフに作品群が制作される触れ込みだが、実際にはそれぞれの制作は並行して行われた。

もっとも工数のかかるドラマのスケジュールの合間を縫って写真撮影が行われ、ドラマのクランクアップが先行する予定だ。さらにこの二つの制作の合間に、CM用の映像撮りが行われる。総合プロデューサーの紹惟と出演者は大忙しである。

写真集の撮影は大きく二種類に分けられる。一つはドラマと同じ衣装で、きちんとセットを組んで行われるもの、もう一つはドラマの衣装やセットとは関係なく、基本的には既製の服を着て、セットも日常の風景の中で行われるものだ。

プロジェクト内では、前者を時代パート、後者を現代パートと呼んでいた。時代劇はおそらく、メディアミックスのための装置で、紹惟は現代パートでより、自分の撮りたいものを撮るのだと思われる。

つまり、商業的な成功のために時代パートを用意したけれど、現代パートでは自分のやりたいようにやるぞ、ということだ。

今日は現代パートの撮影だった。先日、ドラマがクランクインしたが、そちらの収録と撮影は別のスタッフのため、紹惟の撮影は今日が初日だった。

都内の小さなスタジオを借り、真っ白で何もない空間が作られている。永利と昴也は白いシャツとパンツという衣装である。メイクも最低限、自然なスタイルだ。

現代パートはセットや衣装が簡単で小回りが利きやすいということもあって、他の撮影の合間合間に、しかし一番時間をかけて行われる予定だ。

「現代パートも、ストーリーの主軸は変わらない。ただ、現代パートでは、二人の男の人物像と関係性に重きを置いて撮りたい」

紹惟は写真集の打ち合わせの際、そう言っていた。初めて紹惟と仕事をする昴也にとっては、抽象的な説明がよくわからなかったのだろう。不安そうに、「関係性……」とつぶやいていた。

実は、紹惟の作品はかなり感覚的で、直感的だ。仕事を円滑にするため、理屈を付けたり、求められれば理論的な説明をするけれど、実際の撮影はその時々、紹惟の感性で変わる。

気だるげなポーズを取れと言われ、一日中同じポーズを何度もやり直したのに、最終的にはまったく違うポーズを取ることになったり、それさえ「何か違う」と言われて後から撮り直したりする。天才写真家らしい、といえばらしいスタイルだ。

雑誌や広告の写真撮影とはまた異なる進行で、永利にとってはいつものことだったが、紹惟と初めて仕事をする昴也にとっては、戸惑いが大きいかもしれない。

「そう難しい話じゃない。ストーリーを現代に置き換えてみよう。すでに成功者である美貌のベテランと、才気あふれる若き新人。ベテランは新参者の才能を恐れ、妬んで蹴落とそうとし、未来への希望に満ちた新人は、ベテランの妨害に怒り、時に恨み憎みながらも強く輝いて、いつしかベテランを組み伏せ、成功へと昇り詰めていく。これはそういう話だ」

紹惟が悪辣に笑い、昴也は息を呑《の》んでいた。周りもざわめく。

そういう話。それを聞いた永利は、やっぱりね、と言いたい気分だった。

新旧二人のミューズの共演、と聞いて、大衆やマスコミが期待する関係性。これをそのまま作品に落とし込んでいる。

人々はいつも、新しいものを欲している。新しい才能が努力し、上へ昇っていく様を見て応援し、さらに、かつて輝き成功していたものが凋落《ちょうらく》していくのを見て楽しんでいる。過去の成功者が慢心していると、なお良いのだ。

紹惟は自分が撮りたいものを撮りながら、同時に人々が見たいものを見せようとしている。やはり天才だと思うが、踏み台にされ散りゆく役柄としては、複雑な心境だった。

こうして始まった写真集、現代パートの撮影初日は、昴也をメインに撮ると言われた。相手役として永利も出るが、フォーカスの対象は昴也だという。

「写真集の撮影は原則、ストーリーの時系列に沿って撮っていく。今日は若者の登場シーンだ。人物紹介にもなる。若くて才気溢《あふ》れるところを見せてくれ。自分で考えて、好きに動いていい」

撮影のはじめ、紹惟の説明はそれだけだった。初日から抽象的なオーダーを出され、好きに動いていいと言われて、昴也は戸惑っている。

意地が悪いな、と永利は紹惟の腹黒さに感心する。どうせ二人ともに焦点を当てるのだから、最初に永利が主役の写真を撮ってもいいのだ。

大体こんな感じで進行するよ、と撮影風景を見せてからのほうが、昴也だって勝手も摑めるし、安心するだろう。

でもそうはしない。わざと不親切に、最低限の情報しか知らせず、モデルが手探りで動くように仕向ける。

昴也には、そうするのがいいと判断したのだろう。追い詰められて、ギリギリの状態で実力を出す、昴也はそういうタイプだと。

永利の予想通り、右も左もわからない状態で撮影が開始され、昴也はそれでも自分なりに紹惟の言葉を咀嚼《そしゃく》して、動こうとしていた。

撮影中も紹惟のオーダーは抽象的だ。もっと元気に、もっと動け、とは言うが、具体的な指示は出さない。永利に対しても、前に出ろ、隣に立て、画面から「捌《は》けろ」と最低限の指示だったが、こちらは添え物なので、表情だけ作ればいい。

「さっきからやたらと飛び跳ねてるが、何を表現するつもりなんだ？　元気よく？　お前は若者の役なんだろう。子供の役じゃない。大の大人が飛び跳ねて、それじゃあただの馬鹿か猿だ」

撮影はたびたび中断し、紹惟はその時々に辛辣な「ダメ出し」をした。そして相変わらず、はっきりとした指示は出さない。

はじめのうちは何を言われても明るい態度を崩さなかった昴也も、中盤からはさすがに表情を曇らせるようになった。

泣きそうになって顔が歪《ゆが》むまで撮り続け、そこでようやく休憩が入ったのだ。永利を含む周りの人間も、思わずホッとした。

正直、昴也は初めてにしてはよく動いていると思う。ぎこちなさはあるものの、紹惟が切り取る画面ではじゅうぶんに美しく瑞々《みずみず》しい。スタッフたちも、紹惟がけんもほろろに昴也をけなす理由がわからないようだ。

周りがわからないのだから、昴也はもっとわけがわからないだろう。

こういうことをするから、モデルからモラハラだセクハラだと言われる。もう氏家《うじいえ》先生にはついて行けません、と途中で降りたモデルも、一人や二人ではない。

紹惟の撮影が過酷なのは有名だし、昴也も事前に聞いていただろう。でも、何度も一人だけやり直しをさせられ、あげくに「馬鹿」だの「猿」だのと言われるのは、慣れた者でもきつい。

朝から何時間もダメ出しをされ、昴也もすっかり元気を失っていた。スタジオの隅に据えられた椅子に座り、肩を落として水を飲んでいる。

その姿がひどく気落ちして見えて、永利は見かねて声をかけてしまった。

「今のは五段階の、レベル1くらいだよ」

昴也は、えっ、とこちらを振り返る。

「氏家先生の理不尽さレベル。撮影の辛さレベル、かな。これからもっとひどく、理不尽になるからね。落ち込んでるとキリがないよ」

「うえぇ」

「まあ、みんな通る道だから」

余計なことを言っているのかもしれない。昴也が悔しさをバネにして本領を発揮するタイプなら、慰めなどしないほうがいい。

しかし、先ほどの撮影での紹惟は特に辛辣で、初日からこれでは、昴也が折れてしまうのではないかと心配になったのだ。

永利が慰めていると、彼も気づいたのだろう。ふざけてげんなりした声を上げた後、「ありがとうございます」と礼を言って小さく笑った。

いい子だよな、と永利は胸の内でつぶやく。

昴也と二人揃《そろ》って仕事をするのは、今日が初めてだ。ドラマの撮影では、まだ二人揃うシーンがないので、なかなか顔を合わせることもなかったのだが、なかなかいい演技をするよと、ドラマの監督も言っていた。

他のスタッフの昴也に対する評判も、聞こえてくるのは好意的なものばかりだ。

素直で明るい昴也には、永利も好感が湧く。周りのみんなから好かれるキャラクターは、まさに若者の役柄そのものだ。

「お前はただ、ポーズを取っているだけだ。演技をしていない」

休憩を終え、撮影が再開しても、紹惟は厳しい言葉を昴也に投げ続けた。

「お前は役者じゃないのか。演技のできない役者に何の意味がある。そこらへんの素人を使った方がましだ」

撮影が中断するたび、昴也は「すみません」と唇を噛《か》んだ。

結局、その日は紹惟の満足のいく写真は撮れず、また次回に持ち越し、ということになった。

現代パートのスケジュールは他に比べて長めに取られているが、それとて有限ではない。初日からこれでは、昴也には相当なプレッシャーなのではないか。

「もっと自分の役柄を考えてこい」

それでも紹惟は、フォローを入れなかった。硬い声音と冷たい視線をくれただけだ。

「ありがとうございました」

一瞬、ぐっと奥歯を嚙みしめ、でも次には素直に頭を下げた昴也は大人だ。周りの人たちがみんな、昴也に同情を向けるのがわかる。永利も今日のことには同情するものの、複雑な思いだった。

それだけ、紹惟は期待しているのだ。今日の永利は添え役だったとはいえ、一言も注意をされなかった。

もう自分は紹惟に何の期待もされていないのかと、逆に不安にさえなる。

「永利」

スタジオの片付けが始まり、永利が服を着替えていると、紹惟に呼ばれた。

「この後、予定は」

「え、いや、ないけど」

紹惟の撮影は時間が押すことも多いので、後には仕事を入れないようにしている。ドラマの撮影もあって忙しいし、オフにも遊びの予定を入れていなかった。

「なら、これから飲みに行かないか」

「あ、うん」

うなずきながら、周りを見た。他のスタッフたちには声をかけていないようだから、二人でということなのだろう。二人で外に出かけるのは、久しぶりだ。

久々の誘いは嬉《うれ》しかったが、珍しいなと思った。

紹惟は他にスタッフがいる仕事場で、個人的な誘いをすることはなかった。まったくないわけではないが、今日は撮影初日だ。大勢いる仕事仲間を無視して、永利だけ誘うのは珍しい。

「それは、二人でってこと？」

「ああ」

しかも、もう一人の主役は置き去りなのだ。紹惟の誘いに応じながら、何となく気まずい。

帰り支度をすると、周りに挨拶をしながら紹惟とスタジオを出る。

視線を感じ、ふと後ろを振り返ると、昴也がこちらを見ていた。いつもは気の良さそうなその目が、今は恨めしげに睨《にら》んでいて、思わず息を呑む。

昴也もそんな自分に気づいたのか、はっとした顔になり、小さく会釈をして目を逸《そ》らした。


スタジオを出て、紹惟の行きつけのレストランへ行く前に、永利はマネージャーに連絡させられた。食事の後で、迎えに来てもらうのだ。

今回の「ミューズ」プロジェクトが始動してから、プライベートの時も事務所の車を出してもらうようになった。

大きなプロジェクトな上に、主役の替えが利かない。万が一、永利が事故や不祥事を起こした場合、巨額の損失を受けることになるからだ。

永利も助かるので、送り迎えのことは別にいいのだけど、今日は泊まりじゃないんだな、と少し残念な気持ちになった。

今回の仕事が決まってから、プライベートで会っていなかった。だから今夜誘われて、期待していたのに。

「昴也はどうだ」

予約していたらしい個室に通され、料理のオーダーを終えるなり、紹惟がそんな質問をぶつけてきた。

「どうって？」

「一緒にやってみて、どんな感じだ」

じっと、いつもの黒い瞳がこちらを見つめる。永利を観察するような目つきはもう馴染《なじ》みのものだが、今夜はいつもよりもっと真剣に感じた。

それだけ、昴也を気にかけているのだろう。撮影では厳しいことを言いながら、わざわざ共演者を呼び出して感想を訊《き》くのだから。チリチリと胸が焦げるのを感じながら、永利は「どうかな」と何でもない顔をしてみせる。

「まだよくわからない。写真は今日が初日だし、ドラマも始まったばかりで絡みも少ないしね。いい子だなとは思うよ。素直なのに大人だし。今日はいきなり、あなたからプレッシャーをかけられて、気の毒だった」

とりあえず、無難な感想を口にしてみる。実際、他に言いようもなかった。昴也のことは、まだ何も知らない。

だが紹惟は、ふん、とつまらなそうに鼻を鳴らした。

「いい子、か」

皮肉っぽい口調に、永利はムッとする。

「言いたいことがあるなら、はっきり言ってくれないかな。俺は空気を読むのが下手なんでね」

いつも紹惟が言っているセリフのパクリだ。永利が言うと、紹惟はくすっとおかしそうに笑った。

「ずいぶん余裕があると思ってな。あれはなかなか強《したた》かだぞ。若いのに、お前なんかよりよっぽど世慣れてる。お前は場の空気を読むのが不得意だが、昂也は逆に空気や間を読むのが抜群に上手《うま》い。ぼやっとしてたらお前、役を食われるぞ」

「わかってるよ」

不貞腐れた口調になってしまった。そんなの、言われなくてもわかっている。

昂也は才能のある役者だし、紹惟が期待をかけたからには、被写体としてもその能力を発揮するだろう。

「そうか？　それにしてはずいぶんのんびりしてるな。どれくらい自分の役に自信があるのかわからないが、あまり泰然とされると困る。もう少し本気でやってもらわないと」

いきなり食事に誘ったと思ったら、この皮肉だ。喧嘩《けんか》をしたいのだろうか。

「そんなことを言われるのは心外だね。俺はいつだって本気でやってる」

紹惟のそばにいるために、本気だし必死だった。今だってそうだ。これが紹惟との最後の仕事になるかもしれないと思いながら、全力投球するつもりでいる。

昴也を恐れている。余裕なんてない。でもこのまま、黙って昴也に役を食われるつもりもなかった。

紹惟を睨んだ時、緊張した空気を断ち切るように酒と食事が運ばれてきた。

店の従業員が給仕を終えて立ち去っても、二人はしばらく無言のまま酒を飲んでいた。

「お前と最初に仕事をしてから、何年経《た》ったかな」

不意に紹惟が言った。

「……十年、だよ」

永利が答える。彼は聞く前からわかっていたようで、小さくうなずいた。

嫌な予感がした。紹惟はこれから、何を言うつもりなのだろう。

「そう、十年。同じモデルを撮り続けてきた。その時々で趣向を変えたつもりだが、そろそろマンネリ化してきたとは思わないか」

「だから今回、昴也を抜擢したんだろ。次代の『ミューズ』に」

「ミューズ、ミューズ。そのフレーズももう、飽きた」

冷たく言い放たれ、どきりとした。永利に飽きた、と言われた気がした。

「十年。俺もお前も変わった。変わらないものなどないからな。世間の評も変化する。ミューズにしがみついているのも限界だ。何より俺が、そう言われるのに飽きた。俺は次のステップに上がりたい」

だから永利を捨て、昴也を選ぶのか。

そんな永利の心を見透かすように、紹惟は目を細めてこちらを見つめた。

「お前は今回の仕事が、俺とお前の最後の仕事になると思ってる。違うか」

「事実だろ。だから昴也を選んだんだ」

永利はその目を睨み返したが、紹惟はそうだとも、違うとも答えなかった。代わりに「永利」とこれまでになく真剣な眼差《まなざ》しを向ける。

「もっと本気になれ」

「本気だって言ってるだろ」

「もっとだ」

被《かぶ》せるように言う。追い立てるように。それから、自分の気持ちを落ち着けるかのように、大きく息を吐いた。

「最後だと思うなら、それらしい仕事をしろ。この十年の集大成になるような。今までのお前とは違うお前を見せてくれ。俺を幻滅させるな」

最後の言葉に、頭が真っ白になった。思わず固まった永利を、紹惟はまたじっと観察する。

だが永利は、相手の視線の意味など考えられなかった。「幻滅」という言葉がぐるぐる回る。

そろそろ飽きられているかもしれない、とは思っていた。でも「幻滅」とは。飽きるどころではない、紹惟はもう、永利を見限り始めている。

「昴也となら、次のステップに行けるって言うのか」

押し殺した声が出た。昴也の名前を出す時、舌が苦くざらつく。

「それは昴也次第だ。昴也と、お前次第だな。おい、永利。ぼさっとするなよ。主役は二人だ。それとも、俺にはできませんとここで降りるか。それなら今後、主役は昴也一人だ。お前は添え物。ただの脇役、引き立て役だな」

「俺を挑発してるのかよ」

「そうでもしないと、お前はぬるいままだからな。オファーを受けた以上、最後くらいまともな仕事をしてくれ」

紹惟から、こんなふうに言われたことはなかった。撮影中に厳しい言葉を投げられることはしょっちゅうある。

ダメなことはダメだと、ちゃんと言う。その代わり、良かったことはお世辞ではなく褒めてくれる。

そんな紹惟を信頼していたのに。ずっと、そんなふうに思っていたのか。

信じられなくて、まじまじと目の前の男を見た。紹惟も、冷たくこちらを見返す。

「それから、今回の仕事が終わるまでは、プライベートでうちに来ないでほしい」

「頼まれたって、二度と行かねえよ」

売り言葉に買い言葉で言い放ち、すぐに後悔した。

嫌だ。捨てないで、とかなうことなら縋《すが》りつきたかった。でも、自分がそうできないことも、縋ったところで紹惟が応じないことも知っている。

カトラリーを持つ手が震えていた。とても食事をする気分ではなかった。

「話は、それだけ？」

唇がわななくのを抑え、辛うじて冷静に言った。ナプキンをテーブルに置いて、席を立つ。

「あんたの家にある俺の荷物は、適当に捨ててくれ」

「永利」

帰ろうとする永利を、紹惟が腕を摑んで引き止めた。

その瞬間、永利は期待した。この期に及んで、紹惟が何か甘い言葉をかけてくれると思っていたのか。

「自棄《やけ》になって、仕事を投げ出すことだけはするなよ。俺とお前は十年、一緒にやってきたんだ。最後の最後に幻滅させないでくれ」

何も言葉にならず、無言のまま相手の手を振り払った。それ以上、紹惟は追いかけてこなかった。

「……くそっ」

店を出ると、思わず声が漏れた。通りがかったサラリーマンが、何事かとこちらを見る。永利は慌てて顔を伏せ、足早に店を離れた。

頭の中がぐちゃぐちゃだ。もう泣きたい。

(こんなんで、終わりなのかよ)

いつか、紹惟との関係に終わりが来ることはわかっていた。次のミューズが現れて、永利とは身体《からだ》の関係もなくなることを、戦々恐々としながらも覚悟していた。

それでも二人は友人のままだ。十年も一緒にいたのだから。

そう、高をくくっていた。こんなふうにあっさりと、売り言葉に買い言葉で関係が終わるなんて、考えもしなかった。

今から戻って、関係を続けたいと言おうか。本当は最初から、本気であなたに恋をしていた。この身体だってあなたしか知らないんだと、素直に告げて縋ろうか。

(無理に決まってる)

自分の情けない考えに、永利は笑ってしまった。それで想《おも》いが叶《かな》うなら、十年も苦労しない。

これから、どうすればいいのだろう。紹惟という寄る辺を失ってしまった。でもまだ、仕事は残っている。

俺を幻滅させるな、と紹惟には釘《くぎ》を刺された。どうでもいいと振り払うには、まだ未練が強すぎる。

(紹惟……ひどいよ)

あんなに冷たくされて、でも自棄になることも許されない。

どこにも気持ちの行き場がなくて、永利は途方に暮れた。

そのまま帰る気になれなくて、馴染みのバーに流れた。店員も客も永利のことを知っていて、でも放っておいてくれる気楽な店だ。

奥まったテーブル席で一人、飲み続けた。時間など忘れていたが、ほんの一時間ほどだったらしい。マネージャーから携帯に着信があって、気がついた。

最初に言ったレストランではなく、バーにいると告げると、何があったのかと尋ねることもなく、「じゃあ、そちらに迎えに行きますね」と言われた。

それからほどなくして、マネージャーが現れる。

「結構、飲んでますね」

永利を見るなり、桶谷《おけたに》というその男は、眼鏡の奥で少し驚いたように目を見開いた。

「ひどいことがあったんだよ。ちょっと聞いてよ、桶谷君」

クダを巻き始める永利をなだめ、「とりあえず、車に乗りましょうか」と促す。

おっとりしていて、でもきっちり締めるところは締める、なかなかのやり手だ。ひょろりと背の高い眼鏡の青年で、目の細いところや、穏やかなのにきっちりしているところが、紹惟のアシスタントだった相沢《あいざわ》にちょっと似ていた。

桶谷が会計を済ませてくれて、バーを出る。事務所の車が、店の前のコインパーキングに停《と》められていた。

「氏家先生と、何かあったんですか」

車に乗ってからようやく、桶谷がそんなふうに聞いてきた。

「……別れた」

後部座席でぽつりと、永利はつぶやく。涙が一つこぼれた。

「お二人は付き合ってないって、言ってませんでしたっけ」

しかし、わずかな間の後、そんなとぼけた言葉が返ってきて、涙が止まった。

「身体の関係はあるけど友達だって、永利君、言ってたじゃないですか。それも何度も」

「その通りだけどさ。ひどいよ」

永利はブツブツ文句を言い、桶谷は黙っている。やがて永利がレストランでの会話をぽつぽつ話し始めると、たまに相槌《あいづち》を打ちながら聞いてくれた。

「それは何というか……。氏家先生も相変わらず厳しいですね」

やがて聞き終えて出てきた感想に、拍子抜けする。

「厳しいとか、そういう問題じゃないだろ。十年間、それなりに信頼関係があってやってきたのにさ。あんなふうに言うなんて」

家に来るなと言い、永利が二度と行かないと言っても、引き止めてもくれなかった。永利との十年来の関係がこのまま終わっても構わないと、紹惟は思っているのだ。

紹惟にとって、永利と過ごすプライベートなど、意味はなかったのかもしれない。

永利は酔ってメソメソと泣き出し、桶谷は「あんまり泣かないでください」となだめた。

「目が腫れぼったくなりますよ。明日も仕事があるんですからね」

彼もなかなか容赦がない。いつもニコニコして人当たりがいいが、仕事には厳しいのだ。それでも頼りになるし、プライベートのことも包み隠さず彼に話していた。

四年前、事務所を移って以来、付いてくれているマネージャーだ。

誠一《せいいち》ほど明け透けに色恋の相談をするわけではないが、永利が噂《うわさ》ほど遊んでいないことは知っているし、ことによっては、紹惟一人だということも気づいているかもしれない。

彼が付いてから、スムーズに働けるようになった。マネージャーとはこんなことも気遣ってくれるのかと、感心したものだ。

最初のうち些細《ささい》なことでも感激していたら、桶谷に「いや、マネージャーとして当たり前のことなんですけどね」と苦笑された。

前の事務所に入るまではずっと、母親がマネージャーだったし、前の女性マネージャーも人情家だが、仕事ができるとは言い難かった。

とはいえ、そうしたことを抜きにしても、桶谷は有能だと思う。

紹惟に移籍を強く勧められ、最初は迷っていたが、思い切って移籍してよかった。

今の事務所が積極的に動いてくれたおかげか、古巣からもスムーズに出ることができた。

移籍を勧めたのも、今の事務所を紹介してくれたのも紹惟だ。

彼には返しきれない恩があるし、大切にしてもらったとも思う。だからこそ今夜、あんなふうに言われたのがショックだった。

「うーん、話を聞く限りでは、氏家先生はご自分から別れるとは言ってませんよね。この仕事が終わるまで来るな、って言っただけで」

「でも、俺が二度と行かないって言っても、止めてくれなかった」

「永利君にそれだけ、本気になってほしいってことなんじゃないですか」

桶谷の言葉は、いささか表面的な慰めに聞こえた。永利の無言の否定を感じ取ったのか、なおも言葉を重ねる。

「お互いに背水の陣を敷こうという、先生自身も永利君もギリギリまで追い詰めて、いいものを作ろうっていうことじゃないですかね。実際、氏家先生は背水の陣ですし」

さらりと言われた最後の言葉に、永利はシートに預けていた身体を起こした。

「どういうこと」

「あれ？　先生から聞いてませんか」

　桶谷がバックミラー越しに、ちらりとこちらを見る。その表情が、とぼけているようにも感じられた。

「直近の企画、連続で大ゴケしたんですよ。写真集もまったく売れなくて。氏家神話もついに終わりか、なんて噂が立ってたんですよ」

「……ぜんぜん知らなかった」

　初めて聞く事実に、呆然《ぼうぜん》とする。永利も、紹惟の仕事をすべて把握しているわけではない。けれど仕事が上手くいっていないなんて、そんな素振りを紹惟は一度も見せなかった。

　たとえ企画があまり良いものでなくても、あるいは別のメディアと連動企画を立ち上げて、片方の評判が芳しくなくても、紹惟の写真集だけは必ず、一定の売り上げを叩《たた》きだすのだ。

　それでいつの頃からか、氏家神話などと言われていたのに、その写真集が売れなかったとは。しかも連続でだ。

「まあ、売れる時は売れたって喧伝しますけど、売れなかったとは言いませんからね。それで今回の企画も、最初は難航したそうですよ」

　ドラマは当初、有名な外資系動画配信サービスの専用ドラマとして放送する予定だった。資金調達や著作権などの面で都合が良かったのだが、紹惟の直近の実績が悪かったせいで、交渉がうまく行かなかった。

最終的にはキー局の一つが手を上げ、テレビ放送となったが、資金の一部を紹惟の事務所が持つことが決まった。

「連続大ゴケした後に、今回の氏家先生ワンマン企画でしょう。まさに背水の陣ですよ」

紹惟がそんなことになっていたなんて。だが、それを知らされなかったということが、つまり自分と紹惟との距離なのかもしれない。

「でもまあ、永利君はあくまでモデルで俳優ですからね。企画の運営的なことは気にせず、本業をきちっと頑張ってください。酔ってクダ巻いてる場合じゃないですよ」

すっかり沈んでしまった永利に、桶谷が発破をかける。

「厳しいなあ」

永利は無理やり笑った。

紹惟の言葉、桶谷から聞いた事実と、立て続けにショックを受けて感情が整理できない。

それでも、明日も紹惟との撮影がある。仕事は待ってくれない。桶谷の言う通り、クダを巻いている場合ではないのだ。

本気にならなければ。今まで以上に、もっと真剣に。永利に冷たくしたことを、紹惟が後悔するくらいに。

そんなふうに自分を鼓舞してみたものの、紹惟の冷たい瞳を思い出し、永利の心は萎えたままだった。

初日、紹惟に「猿回しの猿」「演技をしていない」と散々に言われていた昴也だったが、翌日から変化が現れた。

動き方、ポーズの付け方も、モデルとして不慣れな感じは拭えないが、あれこれと模索し、工夫しているのが見て取れた。

昴也は、紹惟から厳しい言葉をかけられ、落ち込んでいるように見えて、その表情の下で目まぐるしく考えているようだった。

短時間で次々に自分を変え、失敗にめげず変え続け、驚くほどの速度で成長していく。

彼は、永利が初めて見るタイプの才能だった。最初から昴也を怪物だと思って恐れていたけれど、想像していたものとはまた違う恐ろしさだ。

三回目の写真撮影になると、もうぎこちなさは完全に抜けていて、それ以降は演技を楽しんでいるようだった。

紹惟の言葉は相変わらず厳しいものだったが、カメラの向こうの昴也を見つめる瞳は、興奮にきらめいていた。

さらなる期待をかけて追い立て、昴也はそれに応える。二人が呼応し、互いに昇り詰めていくのが、端《はた》で見ていてわかる。

日に日に、昴也は目に見えて成長し変化する。次は何をするのか、どんな新しい面を見せてくれるのか。一時たりとも目が離せない。

紹惟によって高められた演技は、ドラマにも生きた。美しい若者は、ただ正義を貫くだけのありきたりな役ではない。彼は人々を惹《ひ》きつけるカリスマだった。

写真のスタッフのみならず、制作関係者たちは皆、昴也という才能に興奮している。

そんな中、一人冷めているのが永利だった。

好きで冷めているわけではない。自分も二人と同じような熱を持ちたいのに、揃って高みへ昇りたいのに、一人だけ置いていかれたように上手く動けない。

主体が昴也から永利に変わり、永利が画面の中心になると、撮影は再び滞るようになった。

永利にも「ミューズ」として十年のキャリアがある。モデルの経歴は年の数で、自分もそれなりだという自負がある。

けれど紹惟は、永利を認めなかった。今までと同様の、「それなりの永利」では満足しない。

昴也と同じだけの才能を発揮しなければ、納得しないのだ。

次々と紹惟から厳しい言葉を投げつけられ、一方で昴也は褒められる。周りのスタッフが自分と昴也を比べて、「瀬戸《せと》永利も大したことはないな」と感想を抱いているのも気づいていた。

「――もういい。永利、休んでろ」

カメラから顔を上げて、紹惟がおもむろに告げた。

若者と宰相が向かい合い、対立する二人を表すバストショットの場面だ。永利の作る表情について、何度もやり直しを命じられた。昂也は何も言われないから、今のままでいいのだろう。

表情が硬いだの、暗すぎる、今度は明るすぎるとダメ出しが続き、永利自身も確かに、わけがわからなくなっていた。

「すみません、もう一度」

やらせてください、と言おうとして、言葉を飲み込んだ。

紹惟は永利を、静かな目で見ている。

冷たく睥睨《へいげい》するのでも、怒って睨むわけでも、興味深そうにのぞき込むでもない。ただ凪《な》いだ瞳に、永利はこれまで感じたことのない心細さを覚えた。

「これ以上は、何度やっても同じだ」

先ほどまで硬く冷ややかだった声は、打って変って柔らかく、優しくさえ聞こえる。

紹惟が自分に、興味を失っている。そのことに気づき、血の気が引いた。

「待っ……」

「時間が押してる。ここからは、昂也のソロで撮ろう。構図を変える。二人向かい合わせだったが、昂也一人で正面を向く。永利が正面にいると思え。宰相に嵌《は》められて憎悪を燃やすんだ。

昴也、できるな？」

　永利の隣にいた昴也が、びくりとした。「えっ」と焦った声で永利と紹惟を見比べたのは一瞬で、すぐに「わかりました」と迷いのない表情になる。

　その返答に紹惟は満足そうにうなずいた後、つと永利へ視線を向けた。

「ぬるい演技をするなと言ったはずだ。『それなり』のモデルはここには必要ない。幸い、次の撮影まで間隔がある。それまでにもう少し、ましな写真が撮れるようにしておけ。もしできないようなら、昴也のソロの写真を使う」

　言葉は冷たいが、口調は優しかった。何の期待もしていない声だ。

　主役は二人。それが当初のふれこみだった。しかし、昴也だけを撮った作品が増えるなら、主役は完全に昴也、ただ一人になる。

「今日はもう帰っていい」

　永利は「すみませんでした」と頭を下げ、ノロノロとセットから下りる。頭が真っ白になっていた。

　衣装スタッフが慌てた様子で駆け寄ってきて、豪華で重い衣装を脱がせてくれた。

　メイクスタッフが、スタジオの隅に作られたメイク台へ促すまで永利はほとんど呆然自失の状態だった。

　紹惟に見限られた。いや、まだチャンスはある。ここで落ち込んでいる暇はない。

幸い、と紹惟は言っていた。写真の撮影は今日で終わり、明日からはドラマの撮影に入る。次までまだ時間がある。それまでに何とかしなくては。

「やっぱり厳しいですね、氏家先生」

ウィッグを外し、メイクを落とす間に、メイクスタッフが小声で囁《ささや》いた。

「瀬戸さんも、すごく素敵だったのに」

それは、永利を励ますつもりで言ったのだろう。素敵、という無難な形容と、瀬戸さんも、と添え物のような表現に心がささくれた。

どうも、と無表情で返す。感じが悪いのはわかっていたが、今は他人に気をつかえる状態ではなかった。

桶谷に連絡をするとすぐに迎えが来て、事情を聞いた桶谷から「気持ちを切り替えていきましょう」と言われたけれど、それも白々しく聞こえた。

そんなメンタルだったせいか、翌日のドラマの収録も散々だった。ＮＧを連発し、共演者に迷惑をかけた。

「瀬戸君、えらい疲れた顔してるけど、大丈夫？」

休憩している俳優たちに謝っていると、国王役の俳優に心配された。

小田《おだ》という、初老のベテラン俳優だ。若い頃から演技派俳優として知られ、名作映画に数多く出演してきた。海外でも有名だ。

近年、テレビには滅多に出ることがなかったが、紹惟のたっての希望で今回、出演が決まったという。永利もこれが初めての共演だった。

「先生の撮影、厳しいんでしょ」

「いや、それはまあ。けど、自分が至らないせいですから」

すみません、と頭を下げる。小田が「瀬戸チャン、硬いよぉ！」と大声を上げてバンバンと肩を叩いた。

「俺が若い時なんか、銀座《ぎんざ》で朝まで飲んで、二日酔いでスタジオに寝っ転がってたけどな。いいよ、NGくらい。どうせ年寄りは暇なんだから」

どこまで冗談だかわからないことを言い、ガハハと笑う。小田が、こんな人だとは思わなかった。

永利が見た小田の出演作品は、どれも朴訥《ぼくとつ》とした無口な役が多かったので、そういう印象があったのだ。自分とは合わないタイプだな、と思いつつ、大物のベテラン俳優をむげにはできない。

仕方なく、ははは、と調子を合わせて笑い、ありがとうございます、と心遣いに礼を言った。

「けど大変だねえ、氏家組は。合宿してんでしょ」

「えっ」

合宿とはどういう意味かわからず、咄嗟《とっさ》に素っ頓狂な声を上げてしまった。

「氏家先生んちで、みんなで寝泊まりしてんでしょ。白金台《しろがねだい》から通ってるって、仲野《なかの》君が言ってたけど」

違うの？　と無邪気な表情を向けてくる。ただ、その目には好奇の色が浮かんでいた。紹惟がモデルと関係しているという噂は、役者の間でも知られている。実際どうなの、と本音では聞きたいのだろう。

昴也は今日、この場にはいない。今日の出番はないと聞いている。

紹惟も不在だ。総合プロデューサーとはいえ、すべての現場に常に立ち会うわけではない。ドラマ撮影が始まった当初は、紹惟も頻繁に顔を出し、演者やスタッフと意識を擦り合わせていたが、役者が出揃い撮影が進むにつれ、滅多に顔を出さなくなっていた。

要所要所でチェックはしているだろうが、基本的には自分が指名した監督やスタッフを信頼しているようだ。

二人ともこの場に不在なので、「合宿」とやらについて確かめることはできない。

昨日の撮影では、昴也も紹惟も、そんな素振りは見せなかった。永利がスタジオに到着した時には、二人ともすでに現場にいたし、永利だけ先に帰らされたから、その後のことはわからない。

昴也が紹惟の自宅にいる。かつて永利もそうだった。十年前、ミューズに抜擢された当時は。仕事でもプライベートでも常に二人一緒で、永利は紹惟に惹かれ、紹惟は永利を抱いた。

それでは今、紹惟は昴也を抱いているのだろう。みんなで寝泊まりとか、合宿という言葉を昴也が使ったのは、紹惟との関係を公にしたくないからか。

どうりで、二人とも阿吽《あうん》の呼吸だったはずだ。永利は皮肉っぽくそんなことを思う。

プライベートでも互いに高め合っているのだから、それは息もぴったり合うだろう。永利が割って入る隙など、とうにないのだ。

「いや俺は……合宿っていうのには参加してないですね。昴也君だけじゃないかな。氏家先生は特別、彼に期待してるから」

自分でも驚くくらい、卑屈っぽい声が出た。小田も目を瞠《みは》ったが、やがて気まずそうに目を背けた。

きっと今、自分はとても醜い顔をしているのだろう。

少しの休憩を挟んで撮影が再開し、何とかNGを出さずにそのシーンを乗り越える。次の休憩の時、永利がトイレで席を外したところで、セットの隅で小田がスタッフたちと話しているのが聞こえた。

「いやあ、男の嫉妬は怖いよお。俺ぁ男同士の修羅場なんて、見たくないね」

前後の会話は知らない。小田が誰のことを話しているのか断定できないが、にもかかわらず、永利は自分と昴也のことだと思った。

小田は先ほどの永利を見て、永利と紹惟、それに昴也の三角関係を知ったのだろう。

古い恋人と新しい恋人。捨てられる永利の、昴也への醜い嫉妬を、小田に知られてしまった。惨めな気分だった。

その日の撮影はどうにかこなしたが、あまりいい出来とは言えなかった。

無難。その一言に尽きる。

紹惟の撮影とは打って変わって、監督からは何も言われない。たまに、もっとこうして、こはああして、と指示は来るが、主役に対する期待、といったものは感じられなかった。

昴也がいる時は、監督もこうではない気がする。

(そうだよな。俺は「それなり」な役者だもんな)

いじけたことを胸の内でつぶやき、迎えに来た桶谷と共にスタジオを出た。

昴也とちがって、永利は才能なんて感じたことはない。いつも、どうにかこうにか仕事をこなしてきた、という感じだ。

一番最初にモデルとしての自分がいて、役者の自分はまだまだこれから、という気持ちが常にあったことはいなめない。

それが、本気ではないということなのだろうか。だから自分は駄目なのか。

努力してきたと思ったのは自分の思い込みで、本当はただ漫然と仕事をしてきただけなのかもしれない。

そんなふうに、過去から現在に至るまで自分自身の何もかもが、馬鹿げていて愚かで、どうしようもなく感じられた。

自宅に戻ると、宅配ボックスに荷物が届いていた。紹惟の事務所からだ。持って上がって中身を確認すると、永利の私物が入っていた。紹惟の自宅に置きっぱなしにしていた、衣服や雑貨などだ。

永利がもう二度と行かないと言ったから、ご丁寧に送り付けたらしい。

「……ふざけんなよ」

怒りがこみあげて、宅配の段ボールを蹴飛ばした。軽い荷物はフローリングの床を滑り、部屋の端にぶつかっただけだった。

「どこまで……」

どこまで、永利を落とせば気がすむのか。そんなに、永利を貶《おとし》めたいのか。それとももう、永利を気づかうことさえ思いつかないほど、昴也に惚《ほ》れ込んでいるのだろうか。

紹惟が恨めしかった。まだ彼を愛している。愛《いと》しくて愛しくて、殺してやりたいくらい憎い。

彼に抱かれているだろう昴也も憎かった。死ねばいいのに、とつぶやいて、そんな馬鹿げて幼稚なセリフしか吐けない自分が、煩わしく思えた。

死ねばいいのは自分だ。もう死んでしまいたい。

ドラッグに逃避する人の気持ちが、わかる気がする。

「薬？　そしたらさすがに俺も、付き合いやめちゃうなあ。いくらなんでも、永ちゃんとそこまで落ちる気はないし」

誠一の声がたわんで聞こえる。言葉は耳に入ってくるのに、中身が理解できない。

「酔ってるんじゃん。もうやめときな。明日も撮影なんだろ」

心の中でつぶやいているつもりなのに、声に出していたらしい。ウイスキーのグラスを奪われ、ペットボトルの水を渡された。

見慣れないソファテーブルに、テレビのリモコンや雑誌、眼鏡や時計が散乱している。

「汚い部屋だな」

「おーい。夜にいきなり押しかけてきてそれかい」

そうだった。紹惟から自宅に荷物を送りつけられ、死ぬほど落ち込んで、疲れているのに眠れず、誠一に連絡したのだ。

誠一も仕事から帰ったところで、明日は休みだと聞き、今から呑もう呑むぞ、と無理やり誘った。呑むならうちで、と誠一が渋々応じ、永利が押しかけたのだった。

酒とつまみ持参、いくら誠一がオフだとはいえ、迷惑だと思う。紹惟に甘えられないからといって、誠一に甘えている。

「俺は誰かに依存しないと、生きていられないんだな」

「んな、大袈裟《おおげさ》な」

また自己嫌悪に陥っていると、誠一が呆《あき》れた顔をした。

「クソ真面目なだけでしょ。あんた、ちゃんと努力家だよ。昭和のスポ根並みに愚直に努力してるじゃない。なんでも真っすぐ、演技も真っすぐ。爽やか、清々しい。毒がない。まあ、つまんないっちゃあつまんないよね」

「……そうだよな」

誠一の毒舌にいつもなら、ふざけんなと睨んでいるところだ。うなだれる永利に、誠一は「重症だね」と嘆息交じりの声をかけた。

「先生に飽きられたんだろ。ならさあ、もう適当に手を抜いてやれば？　どんなに頑張ったってその新人君、白雪姫だっけ？　彼には勝てないんだから」

適当にやるなんて、考えたこともなかった。確かに紹惟に飽きられて、もうどんなに努力しても興味を持たれないのかもしれない。けれど、仕事に手を抜くなんて発想はなかった。

「永ちゃんはいつも、全力疾走だもんね。俺は、手を抜くところは抜くよ。誰だって、ずっと全力では走れないでしょ。それに本気でやっても結果が伴わなかったり、逆に、適当にやっちゃったなあって仕事が、すごく評価されたりする」

努力や本気に必ずしも結果が伴わないのは、よくあることだ。

「肩の力を抜けってこと?」

「それもあるけど、ほんとに言葉のまんま。もう今回は適当にやれば? そんな『死にたい』とか言っちゃうくらいならさあ」

これもいつの間にか、口にしていたらしい。みっともない。また落ち込むと、「いい加減にウザい」ときっぱり言われた。

「適当にそれなりの仕事して、それで企画が大ゴケしてもいいじゃない。もう永ちゃんは、瀬戸永利で十分やっていけるでしょ。『ミューズ』のネームバリューがなくても」

そうなのだろうか。そうかもしれない。

永利はペットボトルをテーブルに置き、埃《ほこり》っぽいフローリングにゴロリと横になった。

確かに、「ミューズ」でなくなったとしても、今はもう瀬戸永利の名前だけで仕事が来る。

「こっちから先生を切っちゃえ。それでさ……俺に乗り換えたら?」

いつの間にか誠一が、こちらを覗き込むようにしていた。酒で全体に赤く焼けた顔に、本気とも冗談ともつかない笑みを浮かべていた。

永利はじっと、その目を見つめる。彼の言葉の意味を考えてみたが、どうにも心が動かなかった。

「……お前、顔が丸くなったな」

「ひどいこと言う!」

誠一は勢いよくのけぞり、永利の隣に顔を伏せてうずくまった。

「永ちゃんのバーカ。バーカバーカ。目元の小じわが広がればいい！」

永利は笑って起き上がり、突っ伏した誠一の頭を撫《な》でた。

「ごめんな。でも、俺もお前もネコじゃん」

「セックスだけがすべてじゃないのよ」

それから誠一は何度か、バーカと悪態を繰り返した。永利はやっぱり笑って、頭を撫で続ける。

「誠一、ありがと。あと、ごめん」

誠一は友達で、それ以外には考えられない。永利が謝ると、誠一はむくっと起き上がった。じろりと永利を睨む。

「知ってた。いいよ。俺はあんたほど本気じゃないから。フラれても、死ぬだのもうダメだの、女々しいこと言わない」

「悪かった」

永利は苦笑する。誠一はまたこちらを睨むと、いきなりキスをした。軽く唇を掠《かす》めて、またすぐに身を離す。

「いいよ。これでチャラにしてやるよ。特別に」

偉そうに言われて、思わず笑みがこぼれた。笑ったぶんだけ、気持ちが浮上する。

ティッシュケースが飛んできた。

冗談めかして、でも心の中では感謝の気持ちを込めて言う。ふざけんな、という悪態と共に、

「誠一。……好きだよ。友達として」


鏡よ鏡。有名なフレーズを、永利は口の中で転がしてみる。

王妃、魔女はなぜ美に執着していたのか。日ごと鏡に問いかけるほど拘泥し、自分より美しい白雪姫を殺すほど憎んだのはなぜか。

おとぎ話だ。解釈はいくらでもできる。永利は自分なりに魔女について考えてみる。

企画をもらってから今日まで、魔女をモチーフにした宰相役について、念入りに役作りをしてきたつもりだ。

でも、本当にギリギリまで、役に向き合ってきたと言えるのか。永利は自問した。紹惟はもっともっと、と要求する。それに応えられるほど、突き詰めてきただろうか。

誠一に愚痴を吐きだして、酔っぱらって、彼から冗談半分、本気半分な告白をされたおかげで、死にたいと思うほど沈んでいた気持ちは少し浮上した。

ただ、深酒のおかげで翌日は、顔がむくんでひどい顔になっていたが。

誠一の家まで迎えに来た桶谷が驚いて、二日酔いの薬やらむくみ取りのアイスパッドを買いに走ったほどだ。

二十代の頃だったら、同じだけ飲んでも翌日まで酒が残ることはなかった。身体も重くだるい。ハードな撮影スケジュールで疲労がたまっているせいもあるかもしれない。

が、それなら昔だってそうだった。ほとんど徹夜で撮影した後、大量に酒を飲んでも、寝ればすぐ復活したのに。

撮影現場に着くまでに少しむくみは取れたが、小田には会うなり、

「おお、きったねえ顔してんなあ」

と言われてしまった。汚い顔、なんて言われたことがなかったので、ショックだった。

すみません、と平身低頭する。昨日はＮＧ連発だったのに、酒臭くむくんだ顔で現れるなんて、ひんしゅくものだ。美貌の宰相役なのに。

「確かに、ひどい顔ですね。昴也君の入りも遅れてるし、撮影の順番を調整した方がいいですかね」

アシスタントディレクターに言われ、桶谷と永利はすみません、お願いしますと頭を下げたのだが、それを聞いた小田が、

「なんだよ、それじゃあつまんねえよ。この顔でやろうぜ」

などと、大声で言い始めた。

「瀬戸君はさ、いつもツルッとしてアクがないからさあ、悪役なのに。あ、これダジャレね。これくらい汚え顔のほうが味が出るんじゃねえの」

ガハハ、と一人で笑っている。小田を除くその場の人間は、思わず顔を見合わせた。

どうします、とアシスタントディレクターが永利をうかがう。永利は桶谷を見たが、「永利君がそれでよければ」と返された。

この場に紹惟がいたら、きっと妥協は許さなかっただろう。下手をすればこの場で帰されていたかもしれないが、あいにく今日も不在だ。

小田が自分のことではないのに、「いいよいいよ」とまた口を挟む。大物俳優の言葉を、この場の全員、聞き流すことができない。

永利はちょっと息を吐いてから、「このままお願いします」と頭を下げた。

半分自棄だった。スケジュールはそのままになり、永利は衣装に着替えてウィッグを装着し、メイクをしてもらった。

鏡で改めて見ると、ひどい顔だった。自分で化粧水を付けたが、肌がザラザラしている。

肌あれとむくみはメイクでは隠し切れず、それほどファンデーションを塗り重ねたわけでもないのに、出来上がってみるとひどい厚化粧に見えた。

「毛穴が開いてデコボコしてる……」

鏡を見て、自分の顔のひどさにげんなりしたのだが、若いメイクアーティストは自分の不手際を指摘されたと思ったのか、「すみません」と身を縮めた。

「もう一度、やり直しますか」

「いや、いいよ。何度やっても同じだから」

この顔じゃあ、という意味だったのに、下手なメイクじゃ何度やっても同じ、と取られたらしい。「すみません」とつぶやいて無言になってしまった。

「俺、言い方きつかった？」

メイクアーティストがいなくなった後、その場にいた桶谷に「そういうつもりで言ったんじゃないんだけど」と言い訳すると、苦笑された。

「機嫌が悪いと思ったんでしょう。永利君、いつでも愛想よくしてるから」

別に四六時中、ニコニコしているつもりはなかったが、スタッフたちにも愛想よくするのは、長い芸能生活で習い性になっていた。

今日は二日酔いもあってか、そこまで気が回っていなかったようだ。相変わらず身体がだるく、ウィッグと重い衣装を着ているので余計に辛《つら》い。吐き気がないのが幸いか。

遅れてきた昴也もいつの間にか現場入りしていて、その日の撮影が始まった。

二日酔いで身も心も満身創痍《そうい》の割に、永利はNGもほとんど出さず、撮影はさくさくと進んだ。進んだだけで、顔は最後までむくんだままだったし、やはり「それなり」の演技しかできなかったが。

しかしそれでも、この日は永利の中で、何かが違っていた。

自分の意識の何かが、いつもとは違う。

(なんだろう)

撮れたての映像を、監督や昴也たちとベースで確認しながら、永利は考える。

メイクの甲斐《かい》もあって、画面の中の永利はそれほど不細工ではなかった。

「なんだよ、瀬戸ちゃん。小綺麗なままじゃねえか」

小田がつまらなそうにつぶやくのを聞いた。以前の自分なら、ベテランの悪辣なからかいだと思い、内心でムッとしていただろう。

でも今日は、確かにここではもっと汚くてもよかったな、などと思う。のっぺりしていて、何だか迫力がない。それで、

「そうですね」

と、うなずいたのだが、小田は相手につぶやきが聞こえていると思わなかったのか、気まずそうな顔をされてしまった。

ストーリーが進んでくるにつれ、自分の演技がこのままではいけない、と思う。序盤では「それなり」でも通用したかもしれない。でも、クライマックスに向かうこれからは違う。では、どう演技すればいいのか。わからないまま、一日の撮影が終わった。

「今夜は大人しく家にいて、ゆっくり寝てください。お酒も飲んじゃだめですよ」

自宅に着くなり、桶谷からは注意された。

言われなくてもクタクタで、どこかに出かける気力などなかった。帰りがけ桶谷に買ってもらった弁当を夕食に食べ、ゆっくり風呂に入る。

その間も、今日感じたことについて、ずっと考えていた。このままではダメだ。ではどうすればいいのか。

美貌の宰相の役どころと、実際の永利の迫力不足。小田に、つまらない、小綺麗と言われて妙に納得してしまったこと。

考え続けたせいか、風呂から上がると妙に目が冴《さ》えてしまった。早く寝なくては、明日も撮影だというのに、答えが見つからないまま眠ってはいけない気がする。

永利は寝室には行かず、プロジェクトの梗概とドラマの台本を持って、リビングのソファに座った。

「鏡よ鏡、か」

原点に戻って、モチーフの白雪姫のおとぎ話を思い出してみる。

有名な白雪姫の魔女のセリフは、実際のドラマには出てこない。鏡がしゃべることもない。

けれど、プロジェクト共通の梗概にもドラマにも、宰相が己の美貌に固執していること、鏡をたびたび覗かずにはいられないことが強調されている。

永利はこれを「ナルシストな宰相」と捉えていたが、今は違う気がした。

（ナルシストだなんて、どこにも書かれてない）

永利が勝手に思い込んでいただけだ。

宰相は、魔女は、ただ美しさに固執している。多くの場合、老いと共に失われていくとされている美貌に。

なぜか。宰相はナルシストなのではない。ただ、恐れているのだ。

王の寵愛を失うこと。王に愛されることだけが自分の権力の、力のよりどころであるからだ。

だからこそ、王に気に入られる若く美しい男を妬み、激しく憎む。

「これ本当に、まんま俺なんだな」

ストーリーをなぞりながら、理解の糸口を見つけ、永利は一人つぶやいた。

紹惟と出会ってから、ずっと紹惟の眼差しだけを気にしていた気がする。

自身の評価の基準は常に、紹惟がどう思うか、だった。

顔が整っていること以外、取り柄がなかった自分。紹惟という王に引き立てられ、「ミューズ」となって、今の地位を得た。

王の寵愛を失うことを恐れ、彼に飽きられたら生きていけないとさえ思っている。

紹惟の言う通りにしていれば成功したし、だからこそ、紹惟からどう見えるのか、どう感じたかが何より重要だった。

ずっと彼のそばにいたかった。彼に気に入られていたい。そのために、自分は美しくあらねばならないと考えていた。

昔と変わらないままでいなければならないと。

変わらないものなどないと、紹惟は言っていた。あなたを飽きさせないと、最初に永利も言ったのだ。

なのに変わってはならないと思うのは、矛盾している。

でもずっと、永利は不安だったのだ。紹惟が見出《みいだ》した自分、彼が最初に作った瀬戸永利の枠から外れてしまったら、紹惟の寵愛を失うのではないかと。

あなたを飽きさせない、ずっと変わりつづけると啖呵《たんか》を切ったのに、気づけば変化を恐れ、過去の自分をなぞるばかりになっていた。

仕事はルーティンとなり、結局こうして紹惟に捨てられようとしている。

いや、たとえ永利が自分を変化させたとしても、どのみち紹惟は永利を捨てただろう。

美しいままでも、美しくなくなっても。

何を試みたところでもう、紹惟は永利を見てくれない。なのにどうしてまだ、彼の目を気にするのか。

ソファで微睡《まどろ》む夢の中で、誠一の「俺にしたら」という声を聞いた気がした。それから小田の、「きったねえ顔」という声。

いいんじゃない、とドラマの監督が気のない様子で言い、メイク係が、今日も素敵でしたよ、とお世辞を言う。

変わりたい、と今、はっきりと思った。恐れず、変化したい。

美しくなくてもいい。年とともに衰える容姿に怯《おび》えながらも、足掻《あが》いていきたい。だって、紹惟以外にも自分を見てくれる人たちがいるから。

人形のように澄まして、綺麗に見える部分だけを見せていた自分はもう終わりにする。

もっと醜く、嫉妬深く泥臭い内側をさらけ出そう。心の枷《かせ》を外すだけでいい。どう動くべきか、もう知っている。モデルとしても役者としても、自分にはすでに胸を張れるだけの経験があるのだから。


ちゃんと寝てくださいよ、と桶谷の声を間近で聞いたような気がした。

はっと目を開けた時、携帯にセットしていた目覚ましのアラームが鳴った。

朝だ。役について、人生について考え続けているうちに、時間が経ってしまった。リビングのソファで横にはなったものの、一時間ほどウトウトしただけで、ほとんど寝ていない。

起き上がると、身体が重く、少しも休んだ気がしなかった。頭だけが妙に冴《さ》えている。

手早くシャワーを浴び、ヨーグルトとサプリメントを飲んで支度をしたが、万全のコンディションとはいえない。

顔は昨日ほどではないが、むくんだままだ。鏡に映る、忙しさとストレスに荒れた肌を見てうんざりしたものの、今日は落ち込んだりしなかった。

「あっ、むくんでる。また、お酒飲んだんですか」

桶谷は家に迎えに来るなり、目を吊《つ》り上げた。やっぱり、他人が見てもひどい顔らしい。

「飲んでないよ。大丈夫。なんか吹っ切れたから」

嘘《うそ》ではなかった。昨日は漠然としていた演技の突破口が、今日は何となく見えた気がする。

だからサバサバした気持ちで言ったのだが、桶谷には逆に心配そうな顔をされてしまった。

今日もドラマの撮影だ。劇中の時間軸は若者が国外へ逃げ延びた後で、舞台は腐敗する宮廷である。

昴也は不在、小田と永利がメインで、小田と二人きりで絡むのは、今日が最後になる予定だ。

「なんだよ、また飲んでんのか」

永利のむくんだ顔を見て、小田も桶谷と同様の誤解をしたらしく、昨日の今日でさすがに厳しい目を向けた。

この壮年のベテラン俳優はちゃらんぽらんに見えて、演技に対しては自分にも他人にも厳しいのだと、今頃になって気がついた。見ていないようで、彼はスタジオの隅々まで見ている。

素面《しらふ》だと告げたが、疑わしそうだ。まあ、体調が万全とは言い難いのは確かだ。

それでも永利はいつものように、周りに申し訳ないとか、上手くいかなかったらどうしようと考えることはなかった。

それよりも、今は早く演技がしたい。自分が夜通し考えたように動いてみたかった。それで思うような結果が出せないのなら、もう仕方がない。

メイクが終わり、撮影が始まった。何度かのテストを経てようやく本番だ。

「シーン三十二、カット一、テイクワン」

録音部の声に監督の「スタート」という声が被さった時、永利はすでに役に入り込んでいた。

若者の兵が国境を破ったとの知らせが入り、宮中は混乱に陥っている。

国王は怒り、取り乱し、敵を討てと家臣たちを怒鳴りつけるが、王に心からの忠義を示す者は一人もいなくなっていた。

道化のような王を、小田は上手く演じている。着飾っているのにみすぼらしく見え、永利はさすがだと、改めて小田の演技力に感心した。

すごいとわかっていたけれど、今になってようやく、他人の演技を本気で意識した気がする。

自分は小田に及ばない。当たり前のことなのに、今そのことが、すごく悔しい。

汚い顔、と言った小田を見返したかったし、この大ベテランが自分に目を瞠る様を見てみたかった。でも今は無理だ。わかっている。

今の自分にできることは、小田の演技に呑《の》まれない、食われないこと。

それから、昨日考えた通りの演技をする。人形ではない自分をさらけ出す。

家臣たちは去り、王の座る玉座の前には宰相だけになる。

王は、もう私にはお前しかいないのだと、王の誇りも何もかもかなぐり捨て、宰相に縋る。

ただの憐《あわ》れな老人となった王を、宰相は甘やかな言葉で慰め、母のように、妻のように慰めた。相手の胸に縋って泣き咽《むせ》ぶ老王からは、宰相の表情は見えない。

宰相……永利は、嘲笑とも取れるいびつな微笑《ほほえ》みを浮かべ、老王を抱きしめる。

かつては、この王を畏れていた。自分を慰みものにし、男としての矜持《きょうじ》を奪った王を憎み、けれど同時に、自分を取り立て、唯一の味方であった彼を、心のどこかで愛していたのかもしれない。

憎しみだけではない。愛だけでもない。長く傍らにいた年月の分だけ、思いの色がある。それらが混ざり合い、濁った色を成す。

永利は小田を抱きしめながら最後に、慈しみとも取れる笑みを浮かべた。

「カット」

監督の声で、劇中から現実に引き戻される。小田が何事もなかったかのように顔を上げ、カメラを振り返り、「うおっ」と小さく呻いた。

永利も周囲に気づき、思わず息を詰める。

スタジオは静かだった。撮影中はもちろん、余計な音が入らないように静かにしているが、誰かが動いているし、マイクに拾われない衣擦れの音、大勢の人々が動く気配がする。

それが今、スタジオ中が凍り付いたような気配を感じた。それでいて、誰も彼もがじっと、熱のこもった目でこちらを見つめている。

今まで撮影で感じたことのない、異様な雰囲気だった。

自分はひょっとして何か、致命的なミスを犯したのだろうか。どうして誰も何も言わないのか。小田でさえ、最初に呻《うめ》いてから一言も発していない。

監督たちがそのまま映像のチェックをする間、初めて感じる空気に緊張し、腋《わき》の下に嫌な汗が流れた。

だから、やがて監督がこちらに向けて手で大きく丸を作った時は、へたり込みたいほど安堵《あんど》した。

「オーケーです。良かった。永利君、今のすごく良かったよ」

監督が興奮したように言い、凍り付いたようだったその場の空気が、一気に弛緩《しかん》する。

凝視していた多くの目が、和やかに自分を見ていた。永利と目が合って、笑顔でうなずく人がいる。小さく拍手をする人もいた。

すごく良かったよ、という先ほどの監督の声を反芻《はんすう》する。

（良かった。今ので良かったんだ）

安堵の後に続く、喜びと興奮。心が爆ぜるような高揚を、永利は感じた。

「俺ぁね、今どきのアイドルってやつが、どうも好きになれないのよ」

アルコールで赤ら顔になった小田が、突然言った。

この小一時間にビールとワイン、焼酎のロックと立て続けに何杯も飲んでいるから、酔うのも当然だ。

永利はすっかり温《ぬる》くなった二杯目のビールをちびちびと舐《な》めながら、早く桶谷が迎えに来ないかなあと、そればかり考えていた。

その日の撮影は順調に終わり、永利の演技は監督にも、そして小田をはじめとする共演者にも絶賛された。

半分はお世辞も入っているのだろうが、と自分を落ち着かせつつも、手ごたえを感じている。まだまだ改善の余地はある。今日の反省点を次に生かしたい。ドラマだけではなく、写真集での演技にも生かしたい。

ずっと紹惟に捨てられたくなくて仕事をしてきたのに、彼のことを意識から排除した途端、目の前がひらけてきたというのは、皮肉な話だ。

（それだけ、紹惟以外何も見えてなかったってことか）

紹惟の愛情ばかりに捉われて、彼に依存して、自分が見えなくなっていた。そういうところも、今回の宰相の役どころとそっくりだ。

でも、自分は宰相とは違う。物語のように、昴也に殺されて終わりではない。

紹惟に捨てられた後も、人生は続いていく。死にたい、なんて言ったけれど、結局本当に死ねはしないのだ。

何より、また明日も演技をしたいという欲望が自分の中で芽生え始めている。明日もドラマの撮影があってよかった。このままの状態で仕事に臨みたい。

そんなふうに思いつつ、一日の撮影を終えたのに、帰り際に突然、小田に声をかけられてびっくりした。

一足先に彼の出番が終わり、もう帰ったと思っていたのだが、永利を待っていたらしい。

「この後、何もないでしょ。ちょっと飲もうぜ」

強引に飲みに誘われてしまった。

「ナニ、明日も朝から仕事？　あら偶然～、俺もなのよ。ちょっとだけ。一時間だけ。せっかくいい気分なんだからさ」

一緒にいた桶谷に目顔で助けを求めたが、彼は小田と永利とを見比べると、

「一時間したら迎えにきますね。お店が決まったら、店名を連絡してください」

そう言って、送り出されてしまった。大物俳優とのサシ飲みも仕事のうちということか。

こっちだって、せっかくいい気分だったのに、と心の中でブツブツ言いつつ、スタジオ近くの細い路地にポツンとある、お洒落《しゃれ》な立ち飲み居酒屋に連れて行かれた。桶谷の車では入れないだろう。

「俺ね。こういう、狭苦しくてせせこましい店が好きなの」

夕方の中途半端な時間とあって、客は小田と永利だけだったが、入るなり大きな声でそんなことを言われて、返答に困った。

そもそも小田は、地声がよく通る。そしてそれを抑えることをしない。ほとんどつまみを食べず、酒ばかり飲んでは、こちらが反応に困る話題ばかり大きな声で喋る。

勘弁してくれよ、と内心で思いつつ相槌を打っていたところに、アイドルが好きになれない、との発言である。

永利が元アイドルだと知っているのだろうか。それとも自分はもう、「今どき」の括《くく》りではないのだろうか。

そうなんですか、とかなんとか、相槌を聞いているのかいないのか、小田は一人で喋り続ける。

「妙にツルッとしててさ。すね毛もひげの剃り跡もないような、女みてえな若造ばっかだろ？若い娘はそういうのがいいのかもしれないけどな。そいつらが『色男でござい』ってポーズ作ってるの見るとさ。俺みたいなジジイは、ゾゾッと鳥肌が立っちゃうのよ」

「……はは」

曖昧に笑うしかない。その女みたいな若造の中に、自分も入っているのか……と思っていたら、案の定だった。

「だから俺、瀬戸君が苦手だったの。言っちゃ悪いけど、生理的に受け付けなくて」

じゃあ言うなよ、と思ったが、「すみません」と笑って謝っておく。まあ、小田のような意見も当然あるだろう。

なよなよしている、とは、年配の男性に昔からよく言われた。万人に好かれることはない。

「でもさあ、今日の君は良かったね。途中まではまあ、こんなもんかって思ってたけどさ。皮被ってたのが剝《む》けたっていうかさあ」

ガハハ、とまた一人で笑う。後半はもしや、下ネタだろうか。

「今日はほんとに良かった。最後なんかさ、一緒にやっててブルッときちゃったもん。うん。あんた、いい男だ。いい俳優だよ」

永利は小田をまじまじと見てしまった。

小田は、ははっ、と照れ臭そうに笑って鼻の頭を掻《か》く。わざわざ飲み屋に連れて行って、挙句に長い前振りをして、これが言いたかったのか。

じわっと予期せず目が潤み、永利は慌ててうつむいた。永利が生まれた時から第一線で活躍してきた、演技派俳優。彼が褒めてくれた。認めてくれた。

紹惟でなくても、永利を本気で認めてくれる人がいる。

「ありがとうございます」

永利はうつむいたまま頭を下げた。涙が絡んだ声に、急いで咳払《せきばら》いする。

自分は何となくで演技を続けてきて、壁に当たっていて……。この際だから、内面を打ち明けようと息を吸った途端、バンバンと肩を叩かれてしまった。

「なに、ひょっとして泣いてる？　感動しちゃった？　言っとくけど、まだまだだからな」

ええ、おい、と耳元でひと際デカい声を上げる。こういうところはイラっとするが、彼も照れているんだなと思うと、嬉しくなった。

その場限りの美辞麗句を並べる人はいるけれど、わざわざ居酒屋に呼び出してこんなことを言う人は、滅多にいない。

「小田さんと肩を並べられる俳優になるように、頑張ります」

「いちいち返しに面白みがねえなあ、瀬戸ちゃんは」

カウンターの奥にいた店のスタッフがたまりかねた様子で、もう少し声を下げていただけますか、と恐縮したように告げた。

その店のスタッフに片手を上げて応じながら、「そういやさ」と小田はようやく声のトーンを下げた。

「お宅の先生、ケツに火が付いてるんだって？　大変だな」

紹惟のことだ。え、と小田を見る。不穏な物言いにドキリとした。桶谷が、背水の陣と言っていたのを思い出す。

小田は意図して話題にしたのではないらしい。次に飲む酒をメニュー表から選んでいた。

「俺は、よく知らないんですけど」

「なんか前の企画がコケて、資金繰りが大変だって聞いたよ。この企画も、先生んとこの会社が出資してんだろ」

「そうみたいですね」

資金繰りが厳しいとは聞いていないが、企画がコケたとか、話が回るうちに大きくなったのかもしれない。

「氏家先生のとこは大きくなりすぎたね。写真のスタジオだけじゃなくて、なんか制作会社とかいろいろやってんでしょ」

小田は「写真家は写真だけ撮ってればいいのにさ」と皮肉を言う。

確かに紹惟の事務所は、この十年ほどで様相を変えてきた。

作品数も増え、版権も膨大に、そして複雑になって、また次々に企画をこなす必要もあるから、スタッフが増え、それをまとめるための子会社を作り……と、写真家というより経営者の顔のほうが大きくなってきた気がする。これを、手を広げすぎたと見る人もいるのだろう。

「まあ、ワンマンな人ですから。自分の自由にやるために、環境を整えた感じですかね」

「それで首が回らなくなってりゃあ、世話ないわな。あれだろ、成城《せいじょう》だか松濤《しょうとう》だかの大豪邸、あれも売りに出してるんだって?」

驚いて、えっ、と思わず声を上げた。どういうことですか、と聞いたが、小田は酔っているのか、永利の声は耳に入っていない様子だった。

「昔は、映画作りで身代傾けるバカな監督がいっぱいいたけどな。写真家にもいるんだねえ、そういうバカが」

感心したように言う。永利が呆然とした時、桶谷が迎えに現れた。


「もう噂になってるんですね」

小田に聞いた話を桶谷にすると、彼もすでに知っていた。

飲み会は、きっかり一時間で終わった。桶谷のおかげだ。家までお送りしますと申し出た桶谷に、小田はまだ飲んでいくと店に残った。

迎えの車は案の定、細い路地には入らなくて、駐車場のあるスタジオまで戻らなくてはならなかった。

「小田さんって、情報ツウなんですね。私だって、つい数日前に聞いたばかりですよ」

噂は本当だと、桶谷はあっさり認めた。

「桶谷君は知ってたんだ」

そんな大変なことになっていたなんて、永利は少しも知らなかった。教えてくれればよかったのに、と文句を言うと、「すみません」と大して心のこもっていない口調で言われた。

「というか、永利君はもう知ってると思ってたんですよ」

悪かったな、と不貞腐れると、そうじゃなくてと苦笑される。

「売りに出す話自体は、もう何年も前から聞いてましたから。ほら、ストーカー騒ぎがあったでしょう。あの辺りで。売却先を探してたそうですが、特殊な建物ですからね。土地代も高いし。何年かかかって、やっと買い手が見つかったそうです」

だから資金繰りのために売り出すわけではないという。

「桶谷君、詳しいね」

思わず言ったのに、他意はなかった。けれど、嫌味っぽく聞こえたかもしれない。

あの自宅兼事務所を何年も前から売りに出していたなんて、永利だって知らなかった。なのに紹惟と直接かかわりがないはずの桶谷が知っている。

「先生のところのスタッフさんと、仲良くしているので。お互い情報交換といいますか」

桶谷も気まずいのか、言い訳するように早口に喋った。

「まあ、だからとにかく、ケツに火が付いてるっていうのは、ただの噂ですよ。そこまで資金繰りがヤバいとは聞いてませんし、先生のところは優秀な税理士さんも、プロの経営コンサルも付いてますからね。先生は大胆に見えて慎重な方みたいですし。手を広げすぎて首が回らなくなるってことは、考えられませんよ」

「やっぱり詳しいね」

優秀なマネージャーだとは思っていたけれど、こんなによその事務所の経済状態を知ることができるものだろうか。

「もしかしてうちの事務所って、紹惟からの出資があるとか？」

少し考えて、永利は言った。今の事務所は、紹惟の紹介だった。移籍を勧めたのも彼だが、永利には移籍先のあてがなかった。芸能事務所の社長に知り合いがいるから聞いてみる、と紹惟が言って、仲を取り持ってくれたのだ。

「いえ、そういう事実はないです。ただ先生とうちの社長が知り合いなんで、いろいろ情報が回ってくるんですよ」

それも初耳だった。紹惟は事務所を紹介する時、そんなこと一言も言っていなかった。

「とにかく裏事情は気にせず、永利君は自分の仕事を頑張ってください。せっかく今、絶好調なんですから」

「絶好調はないだろ」

確かに今日は手ごたえを感じた。明日の撮影が楽しみでもある。

しかし相変わらず、紹惟との関係は変わっていない。というか、もう変わることはないだろう。十年間、身も心もすべてを寄せていた男に捨てられかけている。崖っぷちだ。

「まあでも、頑張るよ。どうせこれが最後だし」

永利が言い、桶谷は何か言いたげに口を開いて、結局何も言わなかった。

どんな状態であろうと、生きている限りは前に進まなければならない。紹惟に捨てられても、人生は終わらない。

以前、紹惟のいない人生を想像した時は、その先に真っ暗な道が続いていると思っていた。何もない、生きている意味もない人生だと。

でも今は少し違う。今日、はっきりと意識が変わった。紹惟がいなくても、仕事がしたい。

小田流に言うなら、皮が剝けたということだろうか。心に堆積した古い角質が、ぽろりと一枚剝がれたような、すっきりした気分だった。

翌日のドラマの撮影も、順調に終わった。カットごとに自分が変わっていく気がする。気のせいではない証拠に、監督と小田は永利の変化を指摘し、褒めてくれた。

それがまた、次の自信になる。

数日、ドラマの撮影が続いた後、一日のオフを挟み、翌日は紹惟との写真集の撮影だった。

時間の少し前にスタジオに着くと、やはり昴也と紹惟が先に揃っていた。一週間ほどだったが、紹惟に会うのがひどく久しぶりな気がした。

「おはようございます」

ベースの前で何か話し込んでいた二人に、声をかける。昴也は礼儀正しくお辞儀をして「おはようございます」と返し、紹惟はこちらに首だけ向けて「おはよう」と言った。

紹惟はいつになく疲れた顔をしている。仕事が佳境に入り、多忙を極めているのだろう。紹惟には撮影以外にも、たくさんやることがある。

目の下に、普段は気にならなかった皺《しわ》が見えて、何だか別人のように感じた。

そうして見ると、見慣れたスタジオもセットも、これまでとは別世界のようだ。

以前と同じものを見ているのに、目に映る光景がまるで違って見える。

今日は時代劇パートの日だ。前回、紹惟からダメだと言われたシーンをもう一度撮り直す。

「スケジュールが押してる。前回の撮り直し分は、長々と時間を取るつもりはない。やってみてダメだったら、すぐ次に行く。その場合、このシーンは昴也のソロを使うからそのつもりで」

衣装とメイクを終えた永利に告げる紹惟は、いつもより早口で、気のせいかピリピリしていた。どんな時も感情がフラットな彼なのに、珍しい。

三度目のやり直しはない、ということだ。永利もそのつもりだったから、静かにうなずいた。

「では前回中断したシーンから。昴也が王を殺した後、永利と戦う。この段階では永利が優勢、昴也が押されている」

永利が剣を振るい、昴也が受ける。昴也が倒れ、永利が追い打ちをかける。だがすんでのところで昴也が身をかわし、態勢は逆転する。床に這《は》う永利と、それを追う昴也。

一連の流れと動きを確認してから、撮影が始まる。このシーンのフォーカスは永利にあたっている。

永利は見るべき時にはカメラを見たが、紹惟を見てはいなかった。

もう、彼の目に自分がどう映るかは考えない。ただ、自分の思う通りに動き、演じる。必死にあがく。誰も見たことのない醜い表情を晒《さら》して、みっともなくてもいい。とにかくあがく。

前回は、流れの途中で何度も撮影が中断された。永利が斬りつけるシーン、追い打ちをかけるシーン、細切れにやり直しをさせられ、ストーリーを感じることなどなかった。

けれど今回は、途中で紹惟の声がかからない。永利は受け身に回り、昴也の剣をかわし、地べたを這ってカメラを睨んだ。

このシーンはこれで終わりだ。けれど紹惟はカメラのファインダーに目を向けたまま何も言わない。

「――よし」

たっぷり間を取った後、紹惟がようやくそれだけ言って顔を上げた。

「このシーンはこれでいい」

これでいい。では、今ので永利の演技で良かったということだろうか。あまりに淡々としていたので、良かったのか、やっぱりダメで昴也のソロが使われるのか、判断がつかない。

昴也も戸惑ったようで、つい二人で顔を見合わせてしまった。

「次に行く前に休憩。二人の汗が引くまでだ。次のシーンは脂ぎった顔で出るなよ」

言われて、自分が汗だくだったことに気づいた。重い衣装で動くのでそれなりに汗をかくが、前回はここまでではなかった。

一番上の打掛だけ脱がせてもらい、鏡を見たが、ファンデーションが浮きかけてわりとひどい顔になっていた。これでよく撮り直しにならなかったものだ。

ということはやはり、このシーンは昴也のソロでいくのだろうか。自分の演技は紹惟に認められなかったということか。

不安に陥りそうになり、慌てて考えるのをやめた。もう考えないと決めたのに。

自分はまだどうしても、紹惟を気にしてしまう。彼といる時、かつての永利は常に彼を見ていた。仕事の時は、紹惟の意志を見逃すまいと注視したし、プライベートの時は……愛する人に視線が向かうのを止められなかった。

すぐ間近にいる紹惟に、胸が高鳴る。嗅ぎ慣れた彼のトワレが鼻先をかすめると、どうしようもなく切ない気持ちになった。

彼にされたキス、彼の腕の温もりを思い出し、泣きたくなる。

でももう、どんなに泣きわめいても紹惟は振り返らない。そして紹惟がいなくなった後も、永利の日常は続いていく。

永利は黙って顔を上げた。

これから始める演技は、紹惟と自分の決別の儀式だ。同時に、紹惟と出会ってから十年の集大成でもある。

彼に見いだされ、育てられ、さまざまな仕事をさせてもらった。紹惟との仕事、紹惟のいない仕事、その積み重ねで今の自分がある。

臆するな、と、ともすればくじけそうになる自分を叱咤《しった》した。

ただ臆せず、殻を破るだけでいい。紹惟の視線を気にせず、自分の頭で考え、思う通りの演技をするのだ。

新しい自分はもうすでに、破れた古い皮膚の下で息づいている。

「次、クライマックス。昴也が永利を殺す、階段のシーン。準備ができたらセットに上がって」

永利たちが休憩している間に、舞台中央に階段がセットされていた。

汗が引いた昴也と永利は、階段の上で先ほどのような攻勢を繰り返すよう指示された。

今度は一度では終わらず、同じ場面を何度も繰り返す。時に立ち位置を直されたり、表情が明るいだの暗すぎるだのとダメ出しをされた。

次第にまた汗だくになり、休憩を挟んでまた撮り直しだ。

「キツい」

何度も階段を上り下りさせられる昴也が、休憩と聞いてその場にしゃがみこんでいた。

数時間、同じ動作を撮り続け、ようやく紹惟の口から「次」の言葉が出た時には、永利と昴也のみならず、スタッフ全員がホッとした表情を見せた。

「次は階段の下で、昴也が止《とど》めを刺す。二人ともの見せ場だ。昴也、疲れた顔するな。疲れた顔は演技でしろといつも言ってるだろう」

「無理ですー」

冷ややかな紹惟の声に、昴也の明るい声が応じる。周りが笑いにさざめいた。

いつも、どこで言っているのだろう。永利は撮影現場でそんな注意をされているのを、聞いたことがなかった。きっと、二人きりでいる時だ。

腹の中がモヤモヤして、胃が痛くなる。どす黒い感情に飲み込まれそうになって、目をつぶった。

集中しろ、と言い聞かせる。ここは劇中だ。王は死んだ。永利にはもう味方はいない。

でもあの宰相なら、最後まであがくだろう。自分が負けるとわかっていても、死の間際まで認めないに違いない。

「まず昴也から。……メイク、昴也に汗かかせて」

階段下に永利が仰臥《ぎようが》し、昴也が止めを刺すシーンだ。短い紹惟の指示があり、メイク係が昴也に汗のメイクをほどこす。

「スタート」

紹惟の声がした途端、昴也の表情が変わった。仲野昴也から、別の誰かに切り替わる。彼に向けてカメラのシャッターが切られる。

やっぱり昴也はすごい。さっきまで子供みたいな顔をしていたのに、今は劇中の若者の顔になっている。それも登場時の清々しい彼ではなく、一軍を率いる次代の王の顔だ。

たぶん、自分はこういう演技はできない。何かが乗り移るみたいに別人を演じきることは。必死に自分の経験をかき集め、自身に引き寄せ、どうにか役を形作ることしかできない。

でも、それが瀬戸永利だ。もし今の自分を紹惟が認めてくれなくても、それならそれまでだ。

「次、永利。汗、引かせろ」

紹惟の短い指示が飛ぶ。言葉がどんどん短くなるのは、それだけ集中しているからだろう。メイクを直すと、床に広がる永利のウィッグの髪を、紹惟が整えた。その時、一瞬だけ視線がぶつかる。

永利の方から目を逸らした。だからその後、紹惟がどんな目で永利を見ていたのか知らない。

準備が終わり、昴也がひざまずいて瀕死《ひんし》の永利を腕に抱く。「重い」と彼が言い、永利も

「うん、重いよー」と軽口で応じて、近くにいたスタッフが笑うのが見えた。

永利の衣装は派手なぶん、重量がある。ずっと抱いているのは大変だろう。だが構わず、永利は彼にもたれかかる。

永利はカメラを見た。紹惟はスタートと言わないうちから、シャッターを切り始めていた。

瀕死の宰相には動作がなく、表情で見せるしかない。永利は宰相の顔で呆然とカメラのレンズを見つめた後、少し考え、カメラを睨む。笑いの形に唇を引き上げた。

宰相はあれほど美貌にこだわったのだ。なのに後半では惨めで汚い顔を晒してしまった。最後くらい、美しく散りたい。

綺麗に撮れよ、と紹惟を睨みつけたつもりだった。あなたが育てたミューズの最期だ。

永利の勝手な思いが、相手に届いたとは思えない。けれど一瞬、カメラの向こうで紹惟が笑った気がした。

実際には機材に遮られていたから、彼の表情はわからない。でもそんな気がしたのだ。

撮る者と撮られる者の意識が、繋《つな》がったような感覚に囚《とら》われた。

静寂の中、シャッターの音だけが響く。昴也に抱かれながら、けれど不思議と、紹惟と二人きりでいるような、そんな気がした。

「――休憩しよう」

紹惟の声がして、我に返った。

途端、周りの空気がホッと緩んだように感じた。やけに周りが静かだと思ったが、いつの間にか緊迫した雰囲気になっていたようだ。

耳元で昴也が小さく呻《うめ》く声が聞こえて、永利はあっと身を起こす。

「ごめん、重かったね」

黒子よろしく、ずっと永利を支えていたのだ。どれくらいの時間だっただろう。集中していて気づかなかった。

大丈夫です、と昴也は笑ったが、やはり重かったらしい。額にじっとり汗がにじんでいた。

「どんどん空気が張りつめていくから、緊張しました。でも、俺からは永利さんの顔が見えなくて。……見にいきませんか」

ソワソワと、紹惟のいる撮影ベースを指さす。ベースでは紹惟とスタッフが、撮影した写真を確認している。

永利がどんな演技をしていたのか、昴也は気になるらしい。永利の返事を待たずにベースに行ってしまった。物怖《ものお》じしない子だなあと、また感心する。

永利も打掛を脱がしてもらい、少し身軽になってベースへ行く。

永利が行くと、スタッフが場所を空けてくれた。昴也の隣に立ってモニターをのぞき込む。

モニターの中には、こちらを睨んで笑う永利が映っていた。

「迫力、ありますね」

昴也が思わず、というようにつぶやく。

「怖いだろ。目力がすごいんだ」

紹惟が楽しそうに答えたので、ちょっとびっくりした。怖いとかすごいとか、彼がそんな感想を言うのを、初めて聞いた気がする。

紹惟は永利をちらりと見て笑い、手元のノートパソコンを操作して別の画像を映し出した。

永利は息を呑んだ。自分が先ほどと同じポーズで、まるで別人のような表情を浮かべていたからだ。

先ほどまで見開いていた目は和み、うっすらと儚《はかな》げに微笑んでいる。怒りも憎しみもない。解き放たれたような顔だ。その儚さが、いっそ妖艶で凄惨に見えた。血糊《ちのり》などないのに、永利の唇が血を含んだように赤い。

紹惟が一番最初に自分を撮った、あの時以上の衝撃だった。

「俺、こんな顔したっけ」

「最後にな」

紹惟が言い、「してたじゃないですか」とアシスタントがどこか呆れた声で言う。

「さっきの笑いもすごかったですけど、最後にまたこんな顔するから」

「それでみんな、一斉に固まってたんだ。舞台からは見えないから、何が起きてるのかと思ったんですよね」

アシスタントと昴也が、怪異現象でも語るように今起こった出来事を興奮気味に話している。

怪異の中心にいる永利は、面映《おもは》ゆい気分だった。

「凄惨で、妖艶だな」

ぽつりと紹惟がつぶやく。この写真を見て、同じことを思っていた。

永利は思わず彼を見た。彼も薄く笑ってこちらを見ている。

「紹惟先生、やっぱりすごいね」

たとえ永利が同じ演技をしても、他のカメラマンではこんな写真は撮れなかった。彼だからだ。モデルのもっとも美しい瞬間を、あざといほど正確に削り出す。

「お前もな」

紹惟が目を細めて言った。たとえ紹惟が天才でも、永利の演技がなければ、こんな写真は撮れなかった。

紹惟が欲する美しい瞬間を、自分は最後に演じることができた。

今、三十二年の芸歴で初めて、瀬戸永利としての自負と自信が持てた気がする。

紹惟を見つめたまま、思わず微笑んでいた。相手が目を細めてこちらを見つめ返したけれど、相手が何を考えているのか、気に掛けることはなかった。

もう大丈夫、と自身に言い聞かせた。もう自分は、紹惟がいなくても一人で生きていける。

その先にあるのは暗闇でも死でもない。永利はこの仕事が好きだ。これからも演じていきたいし、いろいろな仕事をしたいと思う。

かつては親のため、紹惟と出会ってからは紹惟のために仕事を続けてきた。でも今からは、自分のために仕事をする。

そんなふうに思えるようになったのは、紹惟のおかげだ。

(ありがとう。さよなら、紹惟)

永利は心の中でそっと、十年愛した男に感謝と別れの言葉を囁いた。

三

「二人のミューズ」の撮影がすべて終わった後、永利《えいり》は一月ほど休暇をもらった。

もともと二週間は完全オフにしてもらっていたのだが、大きな仕事をすべて終え、自宅に帰ったその日から、身体《からだ》の力が抜けて文字通り起き上がれなくなった。

びっくりして桶谷《おけたに》に連絡すると、すぐに駆け付けてくれた。病院に付き添ってくれて、内科と心療内科を受診した後、抑うつ状態だと診断され、薬を処方してもらった。

大きな仕事に対するプレッシャーや、多忙で不規則になった生活、それらが重なって、一時的にうつ状態になっているのだろうという話だった。

薬を飲んで様子を見るように言われ、無理は禁物だということで、桶谷や事務所の社長と相談し、休みを一か月に伸ばしてもらうことになった。

大仕事の後ということで、あまり仕事を入れていなかったのが幸いした。おかげでスケジュール調整もさほど難航することはなかったという。

昔は開店休業状態だったこともあるが、人気が出てからこんなに長い休みは初めてだった。

自分がうつ状態になるなんて、と最初は驚いたけれど、薬を飲んでゆっくりしていたおかげで、大事に至らずにすんだ。

最初は二日に一度は桶谷が様子を見に来てくれて、食事を差し入れてくれた。おかげですぐに起きられるようになり、後半は部屋を掃除したり、外に食事に出かける余裕も出てきた。

休みが終わる頃には、最初の不調など気のせいだったのではないかと思うほど、元通りになっていた。

「びっくりしたよ。自分の身体がこんなふうになるなんて」

一か月の終わりに、永利が体調を崩したと聞いた誠一《せいいち》が電話をしてきた。心配させると思って言わなかったのだが、『言ってよ』と怒られてしまった。

『それだけ、精神的にきつかったってことだろ』

あんまり無理しないように、と言われた。しかし、そう言う誠一は先日から、大劇場で公演される舞台の稽古が始まり、忙しそうだ。

そっちこそ、と永利が言ったら、俺は永ちゃんより若いから、と返された。

誠一から告白された直後はお互いに少し気まずかったけれど、今は元に戻っている。その気持ちに応えることはできないけれど、彼に求められたのは嬉《うれ》しかったし、ずっと落ち込んでいた心が浮上し、変わるきっかけになったのだ。誠一には感謝している。

いや、誠一だけではない。桶谷や事務所の社長、仕事仲間など、周りには永利を助けてくれる人が大勢いる。

たとえ紹惟《しょうい》がいなくなっても、自分は決して一人ではない。

『氏家《うじいえ》先生とはその後、どうなの』

誠一がためらいがちに聞いてきた。永利が不安定になるのはいつも紹惟に関することなので、ずっと気にしていたらしい。

心配かけてごめん、と永利は誠一に謝った。

「何もないよ。向こうから連絡もないし、俺からもしない」

永利は特に期待していなかったから、傷つくこともなかった。これで二人の交流は終わり、仕事がなければもう、彼と会うこともなくなる。

さて、これからどうやって生きていこうかと、一か月の間、真剣に考えていたのだ。

振り返れば自分は、つま先から頭のてっぺんまで、紹惟の世界に浸《つ》かっていた。

依存気味だったのは当時から自覚していたが、紹惟のことは恋人ではなく友達だと自分で言っていたくせに、実際にはべったり寄りかかっていた気がする。

不安になれば紹惟に意見を訊《たず》ね、彼の出す答えに頼りきっていた。

一方が一方に依存する関係なんて、長く続けてもいいことなんてない。

これからは自分一人で立って、自分の頭で考えて生きていかなくては。そして今の永利には、それができるはずだ。

体調が良くなってから、永利はたくさん本を読んだ。ドラマも映画も、普段は見ないジャンルのものまで幅広く見た。

もっと役者の仕事がしたい。「二人の男」で宰相を演じて、その気持ちが強くなった。

永利は演技が好きだ。モデルの仕事も好きだけど、今はもっといろいろな役を演じたい。

「桶谷君にも伝えたんだ。いつか、舞台の仕事もしてみたいって」

すぐには無理だが、考えておくと言ってくれた。

永利の話に相槌《あいづち》を打っていた誠一は、『そっか』と短く言った後、『あのさ』といささか言いづらそうに語調を改めた。

『あのね。俺が言うことじゃないかもしれないけどさ』

いつもズバッと言いたいことを言う彼が、そんな前置きをする。

『今さら蒸し返すことじゃないかもしれないし、二人のことは二人にしかわかんないんだけども。でも先生とはもう一度、ちゃんと話した方がいいんじゃないかな。真面目に本音を打ち明けて』

「どうしたんだ、急に」

前置きもそうだが、彼らしくない、突っ込んだセリフだった。

永利はこれまで、紹惟とのことで何度も愚痴をこぼしてきたが、誠一はいつも上手な聞き役で、自分の意見を前に出すことはなかった。

こうした方がいい、とはっきり口にしたのは初めてかもしれない。

永利がただ驚いていると、電話口から『いや……』と、歯切れの悪い声が聞こえた。

『こないだ、久しぶりに前の事務所のスタッフに会ったんだよ』

やがて、意を決したように切り出す。誠一はスタッフの名前を出したが、永利の知らない人物だった。

『役員じゃないけど、役付きでわりと偉い人だったんだ。今は別の会社にいるらしいんだけど、偶然会って、呑《の》んだの。そこで、俺や永ちゃんが在籍してた当時の、裏話なんか聞いて』

「何か、俺と紹惟に関係のあることを聞いたのか」

ノロノロと核心を避けるかのように話すので、永利が切り込むと、『うん』と素直な応答があった。

『前にちらっと話さなかったっけ。永ちゃんの、前のマネージャーの話』

少し考えて、思い出す。誠一と焼き肉を食べた時、そんな話を聞いた気がする。

「いろいろやらかしてた、ってやつか」

情報漏洩《ろうえい》がどうとか、言っていたのだったか。

『そう。彼女、永ちゃんが売れて浮かれちゃったらしいんだよね。今まで担当するタレントが、そこまで売れたことがなかったから。永ちゃんのマネージャーってことで、仕事先の人たちからもちやほやされたらしくて』

今まで見向きもしなかった相手が、永利を起用したいと低姿勢になった。マネージャーはあちこちで接待を受けていたそうだ。

それだけならまあ、ままある話だ。永利は何も聞かされていなかったが。

ところが待遇に気を良くした彼女は、接待で仕事を選ぶようになった。彼女を優遇してちやほやしてくれる相手と、優先的に仕事をするようになったのだ。

「一時、やたらと雑多な仕事が増えたけど、そのせいだったのか」

正直、あまりまともでない仕事もあったのだが、その頃の永利はまだ、もらえる仕事は何でもありがたくもらうべきだと考えていた。仕事を選ぶなんておこがましいと思っていたし、マネージャーからもそう言われた。

『事務所も悪かったんだって、そのスタッフは言ってたけどね』

浮かれたマネージャー一人に永利を任せ、その仕事ぶりをろくに確認することもなかった。

『氏家先生も気づいてたんだろうね。先生からやんわり、苦言があったんだってよ』

本来なら、紹惟が口を出すべきところではない。それは紹惟もわかっていたのだろう。自分の「ミューズ」である永利のイメージを損なわないでほしい、という遠回しな方法で、それでも何度か、マネージャーの行状を事務所に訴えていたそうだ。

しかしもちろん、マネージャーは紹惟の話など聞かなかったし、事務所もそれほど深刻にとらえてはいなかったようだ。

ある時期から、紹惟に事務所の移籍を勧められるようになったが、その裏にこんなことがあったとは。

紹惟はそれまでも、仕事をもう少し選べないか、マネージャーはどうしているのかと、押しつけがましくない程度に訊ねることがあった。

マネージメントの仕方によって、もっと売れてもいいはずなのだと、そんなことも言われた気がする。

紹惟の評価は嬉しかったが、マネージャーが持ってくる仕事をえり好みして突っぱねるのは、傲慢だと思っていた。そこまで偉そうにできるほど、自分は売れていない。

しかし紹惟は、マネージャーの行状を知って、忠告してくれていたのだ。

永利はマネージャーに恩があったし、仕事はできなくても優しい人情家だと思っていたから、紹惟も頭ごなしにマネージャーを否定することはできなかったのだろう。

『それから一、二年して、俺が言ってた情報漏洩の事件があったらしいんだよね』

接待が当たり前になっていたマネージャーは、ハニートラップに引っかかった。相手は自称記者で、身体を含めたいい関係になり、永利の個人的な情報から仕事の契約にかかる機密情報まで、漏らしてしまったらしい。

同じ事務所の社員が本当に偶然、その事実に気づいたため、情報は悪用されずに済んだが、これをきっかけにマネージャーの行状がすべて、明るみになった。

社長をはじめ事務所の幹部も、この事態を重く見て、マネージャーを交替させるつもりだったという。

紹惟は情報漏洩の話をどこからか摑《つか》んだらしい。間もなく、永利の今の事務所の社長と桶谷、数人の弁護士を従えて、永利の移籍の話を持ってきた。

マネージャーの件は大きな不祥事だ。事務所としては弱みがある。

ちょうど永利に朝ドラの話が来た頃でもあり、普通なら移籍があっさり認められるはずはない。揉《も》めに揉めてもおかしくないところを、すんなり話が進んだのは、裏事情があったからだった。

紹惟は永利に何も言わなかったし、何も押し付けなかった。

ただ緩やかに忠告し、永利が自分の意志で移籍したいと口にするまで、動くことはなかった。

傍《はた》で見ていたら、ハラハラしたはずだ。これが永利だったら、どうして気づかないんだと苛《いら》立《だ》って、あらいざらいぶちまけていただろう。

しかし紹惟は、マネージャーの裏切りを永利に告げることはなかった。表面上はあくまで穏便に、今の事務所に移ることができたのである。

『普通はさ、そこまでしないよ。いくら自分の気に入ったモデルだからって。それを聞いて、永ちゃんは先生に、ずっと守られてたんじゃないかなって思ったんだ』

朝ドラのおかげで全国区で顔が知られるようになった。でもその後、順調にキャリアを伸ばせたのは、桶谷や今の事務所がマネージメントしてくれたからだ。

そして、定期的に行われる『ミューズ』の発表が、永利の人気を後押しした。

紹惟は仕事でもプライベートでも、陰に日向に、永利を支えていてくれた。本人の知らないところで、力を尽くしてくれていた。

「どうして、そこまで……」

自分はただ彼にとって、一時的に興味のあるモデルではなかったのか。

呆然《ぼうぜん》とつぶやくと、『そんなの、俺が知るわけないでしょ』と電話口から返された。

『けど、永ちゃんはなんか、自分が飽きられたとか捨てられたみたいに言ってたけどさ。すげえ愛されて守られてるんじゃないかな。そんな人が、若い才能が出てきたからってポイ捨てしないでしょ。だから二人は、ちゃんと話し合った方がいいと思うわけ』

訥々《とつとつ》と語る友人の話を、以前だったらそんなことはない、と否定していたかもしれない。

愛されているでしょうと言われても、頑《かたく》なに認めなかっただろう。認めて、でも後になってそうではなかったら傷つく。自分は本当に臆病で、殻に閉じこもっていた。

でも今は、相手の言葉を素直に聞くことができる。誠一の言う通りかもしれないと、可能性の一つとして冷静に考えられる。

この十年。永利がどういう気持ちだったのか、紹惟に告げたことはなかったし、紹惟が何を考え紹惟にどんな感情を抱いていたのか、彼を問いただすこともしなかった。

でも永利のあずかり知らないところで、紹惟はずっと守り、支えていてくれた。

もし今回の仕事で二人の関係が終わるのだとしても、だからこそ、一度は紹惟と腹を割って話し合うべきだ。

自分が慕い続けた男は、話し合いにさえ応じてくれないような、そんな狭量な人ではない。

「誠一、教えてくれてありがとう」

永利の体調を案じて、というのもあるが、このことを伝えるために連絡をくれたのだろう。

あらためて友人の情愛に感謝した。

「俺、人間関係に恵まれてるな」

『えーえ？　うーん、まあ、そうかな。捨てる神あれば拾う神あり、ってやつ？』

恥を忍んで臭いセリフを吐いたのに、微妙な答えが返ってくる。

まあ確かに、十代の終わりまで母親に搾取され、その後はマネージャーに利用され裏切られて、それだけ聞くと散々な人生だ。

でも紹惟に出会い、誠一や桶谷に出会った。収支としては大黒字だと思う。言うと、誠一は嘆息した。

『永ちゃんのそういう生真面目っていうか、いくつになっても青臭くて、ふわふわした危うげなところがね、男の庇護《ひご》欲《よく》を掻《か》き立てるんだと思うよ』

青臭いとかふわふわしているとか、ずいぶんな言いようだ。しかし、それが誠一の照れ隠しなのだろう。永利はひっそり笑った。

「けど、紹惟のことがあっても壊れなかったのは、お前とか、桶谷君がいてくれたからだから」

『そこで出すのは、俺の名前だけにしてよ』

唇を尖《とが》らせている誠一の顔が目に浮かぶ。

誠一とは、仕事があってもなくても、互いに恋人ができても、変わらず友達だ。そう言ったらまた、文句を言われるかもしれないが。

感謝だとか親友だとか、言葉にすると薄っぺらくなる。永利はそれ以上は口にせず、ただ心の中に深く、誠一への感謝を刻んだ。


永利が仕事に復帰して間もなく、「二人のミューズ」のレセプションパーティーが行われた。

言うまでもなく、今回のメディアミックス作品を宣伝する目的で開かれたもので、会場には紹惟の写真集の表紙と、ドラマの宣伝用ポスターとが、大きく引き伸ばされて飾られていた。

これらのポスターは明日から、鉄道の駅や車内広告を中心に、大々的に展開されるという。

この、ホテルのバンケットを借り切ったレセプションパーティーといい、広告費にかなりの予算が割かれているようだ。

宣伝は大事だが、資金繰りは大丈夫なのかと、自宅売却の話を聞いて以来、永利は気を揉んでしまう。

桶谷は、今回の資金繰りとは関係がないと言っていたが、それが真実だという保証はなかった。

本人には決して聞けない。以前ならもしかして、二人きりの時であれば訊ねることができただろうが、今日は挨拶を交わしたくらいで、ろくに会話もしていない。

パーティーは華やかで、ドラマのキャストと紹惟、それに音楽を作曲した音楽家が壇上に上がり、挨拶や短いトークが行われた。

壇上から下りるとあとは、酒を舐《な》めつつ、時間までお行儀よく笑っているだけだ。傍らには桶谷が付いていて、面倒な客をあしらってくれるのがありがたかった。

「あの、瀬戸《せと》さん」

その桶谷が、親しいプロデューサーに呼び止められた時だった。反対の方向から永利も呼び止められ、振り返る。昴也《こうや》だった。

「ああ、お疲れ」

彼は一人だった。こういう場に慣れていない昴也にも、マネージャーらしきスタッフが付いていたのだが、今はいない。

「あっ、えっと、お疲れさまでした」

「いっぱい話しかけられただろう」

昴也と話すのは、ドラマのクランクアップ以来だ。いつもそつのない昴也が、にこにこしながらも視線を彷徨《さまよ》わせている。

というより、周りの人間を気にしているようだった。

「何かあった？」

人目を憚《はばか》っているのか、それとも人前で言いにくいことなのか。昴也の耳元に唇を近づけ、小声で囁《ささや》くと、昴也は「あの、大したことじゃないんですけど」と言いづらそうに前置きをしてから、自分も口元に手を当てて永利の耳にこそっと囁いた。

「俺、先生とは何でもないですから」

は？　という顔をしてしまった。相手を見返すと、本当なんです、と訴えるように見つめられた。

「すみません。こんな所でこんなこと。でも気になって。でも瀬戸さんと、直接お話しする機会もなくて」

ぺこぺこと頭を下げられたが、それより昴也の話に驚いた。

まだそういう関係になっていないとは、驚いた。しかも昴也がそれをわざわざ、永利に告げに来るとは。

「俺たちが先生のお宅に合宿してから、永利さんが来なくなったって、先生のとこのスタッフさんに聞いて。あといろいろ、噂《うわさ》も耳にしていてですね。どこまでほんとか知らないんですけど……ほんとすみません」

「大丈夫だから、落ち着いて」

焦って捲《まく》し立てる昴也に、永利はポンポンと昴也の肩を叩《たた》く。すみません、とまた昴也が身を縮めた。

噂というのは、永利と紹惟の関係、それから昴也と紹惟の関係についてだろう。

昴也の口ぶりからして、合宿というのは方便ではなく本当で、昴也以外にもメンバーがいたようだ。

何の合宿だろう。今回の企画がらみなら、噂以外に永利の耳にも入ってきそうなものだ。首をひねったが、詳しく詮索すると昴也を疑っているようで、ためらわれる。

「俺ほんと、何もないんです。だからその、瀬戸さんが誤解されてたら困るなって思って」

必死な昴也を見て、大丈夫だよと微笑《ほほえ》んだ。

「わかった、わかった。昴也君も災難だったね。まあ、先生はああいう人だから、いろいろあることないこと、噂が立つんだよ」

昴也は自分の身に覚えのないところで勝手に、男同士の三角関係の当事者のように言われて、びっくりしていたらしい。

彼の言うことはすんなり信じられた。昴也の人柄を信じたわけではなく、彼が嘘《うそ》をつく理由がないからだ。

「噂はそのうち消える。いや、消えないかもしれないけど、噂は噂だから」

気にすることはないよ、と慰めると、昴也はようやく安心したらしい。ホッとした顔で、額の汗をぬぐっていた。

「急にすみません。ずっと気になってて」

永利を誤解させて、そのせいで紹惟と永利の関係がこじれたのではないかと、ずっと気を揉んでいたのだ。悪いことをしてしまった。

ある意味、彼の推測は当たっているのだけど、昴也に告げる必要はないだろう。

それに昴也の存在がなくても、紹惟は永利から離れていたと思う。

「あ、引き止めたのはそれだけじゃなくて。また舞台をやるんです。もしよければ見に来てくれませんか」

「ぜひ行かせてもらいたいな。公演はいつ？」

「少し先なんですけど……」

永利は公演予定を聞き、連絡先を交換した。チケットを送ってくれるという。

「わざわざありがとう。また君と仕事ができたらいいな」

お世辞ではなく、永利は言った。モデルでも役者でもいい、また、昴也と仕事をしてみたい。

彼の才能を目の前に、ひりつくような嫉妬を覚えながら演じるのは、大変だけどなかなか快感だった。

「俺もまた、ご一緒したいです。最後の方の永利さん、ほんとヤバくて。写真も芝居も鳥肌立ちました。ほんとに」

語彙が若い子らしいな、と思い、思わず笑みがこぼれた。昴也が驚いた顔をする。

その時、桶谷が話を終えてこちらにやってきて、昴也は入れ違いに去って行った。

「大丈夫ですか、永利君」

こちらを気づかう桶谷に、永利が答えようと口を開いた時、今度はジャケットのポケットに入れていた携帯電話が震えた。

連絡先を交換した昴也かと思い、確認する。ディスプレイを見てどきりとした。

紹惟からの電話だった。桶谷にディスプレイを見せてから、場所を移動した。

紹惟との久しぶりの会話を、わずかな動揺も顔に浮かべず終える自信はなかった。彼からの着信があっただけで、こんなに心臓の音がうるさい。

会場を出て、クロークの脇の目立たない一角を見つけ、逃げ込む。桶谷は少し離れた場所で待っていてくれた。

「もしもし」

『……今、少しいいか』

し、顔も見なかった。
低く掠《かす》れた声がして、胸がすくんだ。しばらく彼と離れて、このひと月は声も聞かなかった

だから忘れていたのだ。自分がどれほど紹惟を愛しているか。

声を聞いただけで、泣きたいくらい切なくなる。唇が震えてうまく返事ができなかった。

『この後、二人で会いたい。話したいことがある』

最初の問いの返事を待たず、紹惟は用件を切り出した。声の向こうから、パーティーのざわめきが聞こえる。紹惟は永利たち以上にあちこちから話しかけられていたから、この電話をするのも一苦労だったに違いない。

何の話？　改めて終わりを告げるつもりか。それともまだ、身体の関係は続けるつもり？

一瞬にして、いろいろな言葉が脳裏を過《よ》ぎった。だがいずれも永利は口にしなかった。代わりに「わかった」とだけ告げる。

そう、自分も紹惟と話をしなければならないと思っていた。逃げずに話し合って、そして想《おも》いを告げようと考えていたのだ。

思いがけず相手の方から誘いが来たが、ちょうど良かった。

『俺の家でいいか。落ち着いた場所がいい』

そのセリフを聞いた時だけ、紹惟に傷つけられたことを思い出し、苛立ちが募った。

「……俺は二度と行かないって、言ったよね」

あの時、ただでさえ悩んでいたのに、唐突に突き放されて本当に傷ついた。もう来てもいいぞと言われて、そうですかと、ホイホイ喜んで訪ねる気にはなれない。

冷たく言い放つと、かすかに笑う声がした。

『それなら、このホテルに部屋を取る。それでいいか』

「腹が減ってるんだ。ここではあまり、飲み食いできないから」

我がままついでだ。高飛車に言い放つと、今度ははっきりと笑う声が聞こえた。

『ならルームサービス……いや、二階の懐石料理の席を押さえておく。そこで落ち合おう』

わかった、とつぶやいた自分の声が掠れている。

電話を切った後も、しばらく心臓の音がうるさく響いていた。


懐石料理の店は、運よく個室が空いていたとかで、そちらに通された。

平日の中途半端な時間だったのと、今日はレセプションパーティーの招待客のために客室を押さえていて、一般客が少ないせいもあっただろう。

永利が個室に入ると、すでに紹惟がいた。会場では元気そうだと思ったが、間近でよく見ると、やはり疲れた顔をしている。

席に着き、永利がアルコールを頼むと、紹惟は気がかりそうな視線をこちらに向けた。

「もう、身体は大丈夫なのか」

体調を崩していたことを、知っているのだ。彼は永利の事務所の社長と繋《つな》がりがある。不思議ではない。

知っていて何の連絡もしてくれなかったのかと、落胆のような、やっぱりねと諦めのような気持ちになった。

「薬飲んで休んだら、良くなった。今は何ともないよ。あなたは疲れた顔してるね」

「寝る暇もないくらいだったからな。もう年だな。昔みたいにぶっ続けで仕事はできない」

年だ、というのがこの男らしくなくて、うっそりと笑う。でもそう、紹惟も永利と同じ数だけ年を取ったのだ。昔と変わらないこと、変わったことがそれぞれにある。

やがて日本酒と、酒の当てにと頼んだ料理がまとめて運ばれてきた。紹惟が永利と自分の盃《さかずき》に酒を注《つ》いでくれる。二人で軽く盃を掲げて乾杯した。

「いい仕事だった」

讃《たた》えるような紹惟の声に、永利は何の話だ、というように片眉を引き上げてみせる。

「お前のことだ。昴也も期待以上だったが。お前は今までの作品の中で、一番の出来だった。ありがとう」

唐突に礼を言われ、永利は弾《はじ》かれたように正面を見た。黒い瞳がこちらを見つめているのに気づき、慌てて視線を逸《そ》らす。

ここに来てからなるべく、彼の目を見ないようにしていた。

逃げないで、正面から話し合おうと決めたのは自分だけど、まだ少し怖い。彼の目がどんなふうに自分を見ているのか、不安だった。

「最後に、あなたの期待通りの仕事ができたのならよかった。それで、話って？」

勇気を出して、永利は相手を見た。一瞬だけ視線がかち合い、けれど今度は紹惟が視線を下に向けた。

「さて、どうしようか」

それがとぼけているように聞こえて、永利はじろりと睨《にら》んだ。紹惟は「はぐらかしてるわけじゃない」となだめるように言う。

「何から話すべきか迷ってる。意気地がないんだ」

自嘲する紹惟の言葉が、意外だった。永利は驚いた顔をしていたのか、紹惟はクスッと皮肉気に笑って酒をあおった。

「幻滅したか」

咄嗟《とっさ》に、永利はかぶりを振った。幻滅はしない。ただ、意外だっただけだ。

「そんなふうには思わないよ。……けど、そうだな。俺はずっと、あなたのことを超人みたいに思ってた。何でもできて、間違えないし失敗しない」

「資金繰りの話を聞いたんだろう？　前の企画がコケて揉めた話」

永利が知っていることを、知っているようだった。何となく、桶谷から聞いたのかなと思う。それ以外、彼が知っている理由を思いつかない。

「自宅を売り出してるって聞いた」

「それは金に困って売り出したわけじゃない。ずっと買い手を探してたんだ。あの家はプライベートがないからな」

自宅兼スタジオなのだから当然だ。

「建てた当時は、仕事と生活を分ける必要を感じなかった。でも今は、個人のスタジオから始めた会社は大きくなって、俺一人がガツガツ仕事をしなくてもよくなった」

「つまり、ケツに火が付いてるってわけじゃないんだね」

「大ゴケして後がないとか、いろいろ噂が出てるのは知ってる。収益が予想よりも振るわなかったのは事実だが、自宅を売りに出すほど困ってはいない。目論見《もくろみ》が外れるのは腹立たしいが、初めてってわけでもない。ずっと売れ続けるのは難しい」

紹惟は言い、何でもないことのように、軽く肩をすくめてみせた。

ずっと売れ続けるのは難しい。その言葉の中に、彼がこれまで歩んできた苦労が垣間《かいま》見えて、永利はハッとした。

彼のことを超人だと思っていた。悩みのない人間なんていないと頭ではわかっているのに、紹惟は悩まないと、どこかで思っていた気がする。人間らしく懊悩《おうのう》するのは、自分だけだと。

「俺はそういう、あなたの裏での苦労なんかを、ほとんど知らずに来たんだな」

「こっちも、見せないようにしていたからな」

「必要ないから？」

「いや。単に、いい恰好《かっこう》をしたかったんだ」

紹惟は自嘲気味に言った。今日の彼はどこか、いつもと違うと思っていた。

弱音を吐いたり、自嘲したりするせいだ。今まで紹惟は永利に、弱みなんて見せたことがなかった。いつだって冷静で、泰然としていたのに。

「どこか悪いの？」

病気が見つかったとか。悪い想像が頭を過ぎり、思わず訊《き》くと、口を開けて笑われた。

「いや、至って健康だ。ただ、これからは正直でいようと思っただけだ。自分にも、お前にも」

「……俺？」

これから、と紹惟は言う。これで最後ではないのか。紹惟は笑いを消して、真っすぐに永利を見た。永利もこれ以上、目を逸らすことはできずその目を見つめ返す。

その黒い瞳に煌《きら》めきはなく静かで、そして真剣だった。

「十年前、偶然お前を見つけてから、俺の興味の対象はずっとお前だ。俺が見つけて削り出し、磨き上げた。そういう自負があった。突然、脚光を浴びて戸惑っているお前にアドバイスをして、道を示してやり、さらに輝くのを見るのが楽しかった。悦に入って、夢中になっていた」

「ぜんぜん、そんな感じはしなかったけど」

「だから、そう見せてたんだ。俺はお前にとって、常に頼れる存在じゃなきゃいけない。それに、お前を一番理解しているのは俺だと自負していたからな。お前を護《まも》って、正しく導いてやると、傲慢なことを考えていたわけだ」

でも実際、その通りだったのだ。知らないところで、紹惟は永利を守ってくれていた。

前の事務所のマネージャーのことを話すと、紹惟は「ああ」とかすかに眉をひそめた。

「お前に知らせないまま、勝手に動いて悪かった」

永利はかぶりを振った。

「ううん。あの時、マネージャーの素行を聞いても、俺は信じなかったかもしれない。信じたくなかったっていうか。感情的に納得しなかったんじゃないかな」

恩とか義理に縛られて、逆に移籍を迷ったかもしれない。

「だが、きちんと話し合えば納得できただろう。俺は……俺たちは、気づけば肝心なことを何も話し合わない関係になっていた」

「うん。俺も、言わないし聞かなかった。自分の気持ちをはっきり口にしたら、この関係が終わってしまいそうな気がしたから」

想いを何も口にしないまま、ここまで来てしまった。

「だからこそ、十年も付き合いが続いたのかもしれないがな。だがそれだって限界がある。俺はお前に入れ込んで、構い過ぎた。お前を守っているつもりでいつの間にか、一人で立っていられないようにスポイルしてたんだ」

話が核心に触れた気がして、永利は胸がずきりと痛んだ。

「お前を手に入れて、どこにもやらずに囲い込んで、結果として俺たちの関係は、プライベートでも仕事でも代わり映えのしないものになっていった」

そう、二人の関係は明らかに停滞し、膠着《こうちゃく》していた。紹惟の作品の中の永利も、以前ほど人を惹《ひ》きつけなくなった。

現実を思い出し唇を噛《か》む永利に、「だが」と紹惟は切り込む。

「俺は信じていた。いや、確信していたと言ってもいい。俺とお前は、もっと先に行ける。仕事でもそうだ。まだまだ、人を惹きつけるものを生み出せる。ただ、俺もお前も変わる必要があった。どう変化すればいいのか、ずっと考えていたんだ」

紹惟の瞳がきらりと光る。彼は、永利に対して興味を失ったわけではなかった。それどころか、二人で別のステージへ上がろうとしていたのだ。

ずっと、これで終わりだと思っていた。そうではないのだろうか。永利は信じられない気持ちで、相手を見た。

紹惟もまた、永利を見る。

「昴也とは何もない。今までも、これからも」

「うん。さっき、昴也君から聞いた」

「それまでお前は、誤解していただろう？」

挑発めいた問いに、悪かったな、と相手を睨む。紹惟は小さく笑って目を細めた。

「それも当然なんだ。こっちがわざと誤解されるように振る舞っていたんだから。ずっと自分の腕の中に囲い込んでいたお前を、突き放して追い詰めた。一度壊して、その先にあるお前の変化を撮りたかったんだ」

一瞬、言葉を失った。永利を傷つけ追い詰めたのも、わざとだというのか。

「最低だ」

思わず、つぶやいた。最初からわかっていたが、ひどい男だ。

「そうだな。だがお前は変わった。ただ美しいだけじゃない、凄《すご》みも毒もある花に生まれ変わった」

どこか得意げな微笑みを浮かべる男に、腹を立てていいのか、それとも感嘆していいのかわからなかった。

「俺が潰れてたら、どうしてくれたんだよ」

「潰れないと信じてた。俺は賭け事はしない。勝てる勝負しかしない。……と、言いたいところだが。内心ではヒヤヒヤしてたな。今回のことは、人生最初で最後の賭けだった」

最低、ともう一度つぶやく。他にどう言えばいいのだ。紹惟はそれにまた、艶めいた笑顔を見せた。

「もしお前が壊れて潰れても、手放す気はなかったよ」

甘やかな声に、状況も忘れてぞくりとする。驚いて瞬《まばた》きすると、紹惟は追い打ちをかけるように永利の瞳を覗《のぞ》き込んだ。

「ついでに言えば、杏樹子《あきこ》とも何もないし、他の相手とも関係を清算した。この一年、お前しか抱いてない」

「それは嘘だ」

あんなにやりたい放題だったくせに。

「いや、本当だ。嘘はつかない。手の内は全部見せた。その上で、もう一つ勝負をしたい」

「勝負……？」

訝《いぶか》しんでいると、紹惟は微笑みを消した。テーブルに置かれた永利の手に、自分のそれを重ねる。その手がかすかに汗ばんでいた。

緊張しているとでもいうのか。あの紹惟が？

「なあ永利」

呼ばれて、永利は相手を見た。紹惟が真っすぐに自分を見つめている。力強く真剣なその眼《まな》差《ざ》しに、射すくめられた。

「永利、この先、俺はもうお前だけにする。……だからお前も、俺だけにしないか」

しばらく、呼吸をするのを忘れた。苦しくなって息を吸い、ヒュッと喉からおかしな音が漏れる。手を握る力が強くなった。

「付き合う、ってこと？　恋人になるって？」

「俺は付き合ってるつもりだったけどな。だが、その通りだ。恋人、パートナー、呼び方は何でもいい。プライベートでも、俺と一緒にいてくれ。この先も、俺だけにしてほしい」

これは何かの夢だろうか。それともまた、これも紹惟の策略か何かで、今のは仕事のための方便だと言われるのか。

「悪かった」

一言も発することなく相手を見つめ続ける永利に、紹惟は初めて見せるような痛ましげな表情を浮かべた。

「俺が今までしてきたことを思えば、信じてくれと言ったところで、簡単に信じられるわけはないよな」

その通りだったから、答えようがなかった。紹惟は握っていた永利の手を取ると、誓いをするように口づけた。

初めてされる仕草に、びくりと身体が震える。

「一生お前だけにする。浮気はしない、絶対にだ。信じてくれるまで証明し続ける。だから、そばにいてくれ、永利」

そう言われてなお、言葉がなかったのは、唇がわななないて声が出なかったからだ。

だが紹惟は、少し苦しそうに微笑んだ。

「愛してる。……こんな愛は重いか？」

辛うじて、ゆるくかぶりを振ることはできた。重い？　と、驚きのあまり取り留めもなくなった頭で考える。

「あなたが俺だけを……誰か一人に、こんなふうに言うなんて」

そして臆病な態度で、重いかと訊ねるとは。

でもそう、紹惟も人間なのだ。超人などではなかった。彼も人を愛し、悩み、躊躇《ためら》うことがあるのだ。

ああ、と紹惟はうなずく。

「そうだな。こんなふうに考えたのは、お前が初めてだ。最初で、そして最後にする。だから」

再び愛を請おうとする男の手を、永利は引き寄せた。紹惟にされたように、その手にキスをする。

「俺はずっと、あなただけを愛してたよ。出会った時から、ずっと」

十年越しの告白に、紹惟は大きく目を見開いた。

食事もそこそこに店を出て、そのままホテルの客室へ向かった。上階の、いい部屋だったが、部屋の中を気にしている余裕はなかった。

部屋に入った途端、永利は紹惟に抱きついた。その身体を、紹惟が強く抱きしめる。

二人は夢中でキスをしながら、ジャケットとタイを外した。

「あ、あ……紹惟、紹惟」

「待っ……シャワー……っ」

そのままベッドに連れて行かれそうになって、永利が訴える。紹惟は何も言わないまま永利を抱え上げ、バスルームへと移動した。

どうにかズボンや靴下を脱ぎ捨て、もどかしい手つきでシャツのボタンを外したけれど、すべてを脱ぎ去る前に、紹惟は永利の身体を貪り始めた。

永利は震える手で、シャワーのコックを捻《ひね》る。二人の頭に冷たい水が降り注いだが、少しも冷静になれなかった。

濡《ぬ》れて張り付いたシャツをはだけ、紹惟は永利の肌をまさぐる。首筋を唇が這《は》い、乳首を指でこねられる感覚に、たまらなくなって男にしがみついた。

顔を上げると、深く口づけされる。どこまでも深く合わさりたい、片時も離れたくないという欲求が、互いを支配していた。

「永利、愛してる」

「……俺も、愛してる、紹惟」

最後のシャツを脱ぎ捨て、一糸まとわぬ姿になると、長く抱き合っていた。背中や腰をさすり、唇で互いの唇や顔の輪郭を辿《たど》る。

バスルームでかなりの時間を過ごしたが、結局、身体を洗っているのか愛撫《あいぶ》をしあっているのかわからなかった。

触れ合っているだけでは我慢できなくなって、ろくに身体も拭かないままベッドへ行った。もつれ合いながらシーツの上に転がり、昂《たかぶ》った性器を擦《こす》り合う。

やがて紹惟は、永利の足を大きく開かせ、足の間に顔をうずめた。口淫をほどこす間に、太ももの付け根を強く吸いあげる。

「あっ」

甘い疼《うず》きが走って、永利はビクッと身体を震わせた。紹惟が吸い付いたそこは、赤く痕がついていた。

「また、もう」

軽く睨むと、紹惟はくすっと甘く笑う。それからもう一度、愛《いと》おしそうに赤い痕にキスをした。

「これからは、こうやってマーキングをする必要もないな」

それを聞いて永利は驚いてしまった。いつの頃からか、紹惟はこうやって永利の身体に痕を残すようになった。ただの癖だと思っていたのに。

「マーキングだったの？　なんで」

「他の男を牽制《けんせい》するために決まってる。惚《ほ》れてる奴《やつ》が自分以外の男に抱かれてるんだ。俺にそれを咎《とが》める権利はないが、指をくわえて見ているのも面白くない」

この男にも独占欲があったのだ。永利が誰と寝ていても、気にしないと思っていた。

「どうして黙ってたの」

喜びがこみあげてきて、永利は身を折って紹惟にキスした。

「言っただろう。俺に咎める権利はない。それに、お前を自由にさせるのが自分なりの愛だと思っていた。お前が誰と寝ようと、誰に惚れようと、俺はお前を追いかけ愛し続ける。最後に俺のところに帰ってきてくれればいいとな」

それは、永利の紹惟への想いに似ていた。紹惟が誰を抱こうと、黙って愛し続ける。それが自分なりの愛だと、永利も考えていなかったか。

「俺たち、意外と似た者同士なのかな」

永利は他の誰とも寝ていない。紹惟しか知らないと教えたら、彼はどんな顔をするだろう。

「紹惟」

もう抱いてほしい。永利が目で訴えると、紹惟はそれだけで理解したようだ。薄っすら微笑んで身を起こした。

永利をシーツの上に寝かせ、正面から覆いかぶさってくる。キスの後、永利が自ら膝裏を抱えて足を割り開くと、紹惟は一瞬だけ、息を詰めた。

「……ああ」

ため息のような呻《うめ》きを吐いて、紹惟がゆっくりと永利の中に入ってくる。

「……んっ、久しぶりだから、ゆっくり……」

「狭いな」

「しばらくしてなかったのか。梅田《うめだ》とは?」

じっと見つめる黒い瞳に、はっきりと嫉妬の色を見つけてゾクゾクした。

「してないよ。というか、誰ともしてない。ずっと」

「ずっと?」

訝しげな問いかけに、永利は笑った。

「あなたは、まだたった一年だろ。俺は三十二年だ。今までずっと、あなたとしかしてない」

何でも頭の回転の速い男がいつまでもぽかんとしているから、何か言ってよ、と睨んだ。

しかし、思いも寄らない言葉が返ってきて、今度は永利が面食らった。

「一緒に暮らそう、永利」

「何だよ、いきなり」

「いきなりじゃない。いつか言うつもりだった。何年も前から、家を売りに出してたって言ったただろう」

お前と暮らしたかったからだと、紹惟はこともなげに言った。

「ストーカーの事件があったのを、憶《おぼ》えてるか。あの時、お前が犯人と遭遇していたらと考えて、ゾッとした。プライベートとセキュリティのしっかりした、自分たちで家事の手が回るところに引っ越したかったんだ」

ずっと不可解だった。頑なにハウスキーパーを呼ばないわけ。築浅の、償却も済んでいない豪邸を売りに出した理由。

まさか、ぜんぶ永利のため、永利と暮らすためだったなんて。どうして想像できただろう。できるはずがない。

何か言いたかった。心に湧き上がる感動と感激を伝えたかった、なのに。

「そういうの、挿《い》れる前に言えよ……」

思わず言ってしまった。身体がもう昂ってしまっているのに、もどかしいではないか。永利が睨むと、紹惟は笑顔で「我慢できなかったんだ」と言う。

それから腰を軽く揺すった。硬いままのそれが永利の中を刺激する。

「あっ、いきなり……」

顔をしかめると、あやすように唇の端にキスをし、また腰を揺する。

「ん、ん……」

「俺しか知らない？　俺以外……誰にも抱かれてないのか、本当に」

自分で口にした言葉に興奮したのか、次第に声が上ずってくる。永利の中のペニスも、先ほどよりも硬く大きくなった気がした。

「……っ、だから、そう言って……あ、や……」

いきなり、ガツガツと打ち付けられた。乱暴にするなと睨もうとしたけれど、紹惟があまりに嬉しそうで、蕩《とろ》けるような顔をしていたから、忘れてしまった。

「奇跡だな」

また、彼らしくもないことを言う。それから紹惟は、永利が息もつけないくらい強く抱きしめた。拘束と言ってもいい。がっちりと腕ごと身体を抱きこんで、まるで初めてセックスをする若い男みたいに、夢中で腰を振りたくった。

永利もまた、そんな紹惟の熱に侵され、初めて抱かれるような興奮に支配される。

「永利」

紹惟は何度も永利を呼んだ。愛してる、と、うわ言のように繰り返した。

同じぶんだけ、永利も言葉を返す。言葉だけではない、いつしか腰を浮かせ、自分からねだるように尻を振っていた。

「あ、あ……」

何度も欲望を打ち付けられるうち、永利は二人の腹の間で射精していた。

「……っ」

一瞬の間の後、紹惟が呻いてぶるっと震える。永利の身体を再び抱きすくめ、ぐっとひと際奥までペニスを突き立てた。

熱い彼の欲望が、奥へと注ぎこまれる。

激しいセックスに、二人はしばらく言葉もなかった。息を整える呼吸音だけが部屋に響き、やがてゆっくりと紹惟は身を起こした。

「すまない。乱暴だったな」

引き抜こうとするから、永利はいたずらっぽく笑って相手の腰に足を絡めた。もう少しこのままでいたい。

「うん、がっついてた」

紹惟は、永利の額に張り付いた髪を優しく払いながら、黙ってこちらを見下ろす。あまり長いこと見つめているから、さすがに恥ずかしくなった。

「何だよ」

「綺麗《きれい》だと思ってな。美しい男だ。お前は俺がこの世で見た中で、一番美しい」

紹惟は、お世辞なんて言わない。だから本気なのだ。本気でそんな、臭いことを考えてる。

「それ、白雪姫のパロディ？」

照れ臭くて、ぶっきらぼうに言った。そうかもな、と紹惟は甘やかに笑い、永利の目の端にキスをする。

「鏡は常に、真実しか言わない。十年前からずっと、それにこれからも……お前が一番美しい」

自ら磨き上げた宝石を愛《め》でるように、恭しく告げる。永利が見上げると、黒く煌めく瞳に自分の姿が映っていた。

紹惟は信じている、確信している。その目に映る永利が、この先もずっと輝き続けることを。

それなら永利も、信じようと思う。自分と紹惟を信じる。この先、二人で愛し合い、高め合って生きていく。

紹惟が弱みを見せてくれるのなら、永利も彼に頼るだけではなく、時に紹惟を包み、頼られる存在になりたいと思う。

「じゃあ俺も、本当のことだけ言う。愛してる、紹惟。出会った時から、そしてこれからも、俺にはあなただけだ。でももう、守られるだけじゃない。俺もあなたを守りたい。あなたの腕の中じゃなくて、隣にいさせて」

紹惟は目を見開いてから、目元を和ませて笑い、それから恭しく永利の手を取ってキスをした。

「ああ。俺のそばに……隣にいてくれ」

永利は、再び覆いかぶさってくる恋人のキスを受け止めた。背中に腕を回し、抱擁する。

「一度だけじゃ足りない」

男の耳もとで甘く囁くと、ため息のような肯定の声が応えた。

唇を啄《ついば》まれ、あちこちにキスを落とされる。先ほどの性急な行為とはまた違う、味わうような愛撫に、永利はいつしか陶然とする。

そうして二人は、十年越しの蜜月をたっぷりと味わうのだった。


タクシーで目的の小劇場付近に差し掛かると、入り口には客が溢《あふ》れかえっていた。

劇場の規模を考えると、今日のチケットを持っていない人々も集まっているのではないか。

それくらい、大勢が集まっている。警備員とスタッフが汗をかきながら客の整理をしていた。

「ああー、ここで降りるのはまずいですね。裏まで行きましょうか」

運転手が気を利かせて言うのに、永利と紹惟はお願いしますと返した。

このタクシーの運転手、乗車した時は何も言わなかったが、永利と紹惟が誰なのかわかっていたようだ。

あの場に紹惟と永利が降りるのは、鯉《こい》に餌をやるようなものだ。会場を混乱させてしまう。

「噂に聞いてたけど、すごい人だね」

人ごみの中にマスコミが混ざっているのを確認しながら、永利はつぶやく。

「時間があれば、もう少し大きい箱を手配できたんだがな」

紹惟がぼそりと言う。企画立案の段階から関わっていた身としては、もっと収益を上げられたのにと多少、歯がゆい気持ちがあるのだろう。

レセプションパーティーの会場で想いを通じ合わせて、あれからもう半年が経った。

「二人の男」は、大いに成功を収めたと言える。

ドラマは視聴率がそれほど上がらなかったものの、放送当時からＳＮＳを中心に大きな反響があり、後日の有料配信で大きな数字を叩き出した。

特に女性層からの支持は強く、ドラマ放送の翌日に発売した写真集は緊急重版がかかった他、タイアップしたＣＭの飲料水が売り切れになったとか、家電の売り上げが急増したとかで、連日マスコミは話題に事欠かなかった。

放映から数か月経ってドラマのディスクが発売されたが、これも発売前の予約開始直後に完売し、話題をさらっている。

こうしてたびたび「二人の男」がマスコミに取り上げられることで、新たな客層を取り込み、半年経った今も写真集をはじめとする関連商品の売り上げは堅調なようだ。

永利も昴也も、「二人の男」の直後から、一躍時の人となった。

永利の事務所には仕事のオファーが次々と舞い込み、桶谷に頼むまでもなく役者の仕事が増えた。民放のドラマと、大河の主演が決まっている。

昴也はドラマ放映直後から、あの俳優は誰だと噂になったらしい。彼にも多数のオファーが来たそうだ。ＣＭでたびたび彼の顔を見るようになったし、映画の初出演、初主演も決まっている。

そんな二人のミューズを生み出した紹惟にも、一時は盛んにスポットが当てられた。

週刊誌では、業界に伝わる氏家神話を持ち上げたり、「魔王復活」などと笑える見出しで紹惟の活躍が掲載されたこともあった。

今は業界の誰も、紹惟の凋落《ちょうらく》を噂する者はいない。

もうあれから半年、されどまだ半年。

ファンの熱はいまだ冷めやらず、そんな中での今日、昴也の舞台公演である。

三人芝居と銘打たれた通り、昴也を含めた三人だけが出演、主演する劇だ。

さらにこの公演と時を同じくして、彼ら三人を写した紹惟の写真集が発売されるのだから、騒ぎにならないはずがない。

どうせならもっと大きな箱でやればいいのに、とは、誰もが思っただろう。

ただ、もともと今回の公演は、紹惟が「ミューズ」を持ち掛ける前から決まっていたのだそうだ。

劇場も稽古場も押さえていたところに、どうしても昴也を使いたいと紹惟が熱心に打診してきた。

昴也にとっても願ってもない話だったが、ドラマに写真にと、ハードなスケジュールだった。撮影の間に三人芝居の稽古を進めなければならない。

すぐにオファーを受けない昴也の事情を聞いて、紹惟が芝居の稽古場として自宅を提供したのだった。

昴也が「合宿」と呼んで紹惟の家に居候していたのは、まさにその言葉の通りだったのだ。他の二人の役者と一緒に、芝居の稽古のためにしばらく寝泊まりしていたそうだ。

ただ紹惟の企《たくら》みによって、稽古場を提供していることは口止めされていた。永利を追い詰め、新しい一面を引き出す。

それは告白の時に聞いたけれど、改めて口止めの話を詳しく聞かされた時、永利は紹惟の頬を軽く叩いてやった。

拳で殴らなかったのは、もう永利の中で折り合いが付いているからだ。

あそこまで追い詰められなければ、永利は変われなかった。ミューズとしての最後の作品は、納得のいく出来にはならなかったに違いない。

そう、ミューズシリーズは終わった。

紹惟が写真集の発売直後、「ミューズとは自分が付けた公式の名ではないが」と前置きをした上で、正式に発表した。

それが一部で曲解され、紹惟の引退宣言のように取られたこともあったが、これからも氏家紹惟は写真家として活動していく。ただもう、余計な装飾は必要なくなっただけだ。

「ここら辺でしたら、目立たないいんじゃないですかね」

劇場の裏口まで来て、運転手がタクシーを停《と》めた。紹惟が礼を言って運賃を支払う。その左手の薬指に指輪が光っているのを、運転手は気づいたようだった。

スマートフォンで時刻を確認している永利の手を、ちらりと確認する。永利が顔を上げると、さっと視線を外した。

揃《そろ》いの指輪をはめていることに、気づいたのだろう。何か言いたげにソワソワした後、ありがとうございましたと、降車する永利達を見送った。

指輪は、紹惟の自宅の売却と、二人の新しい入居先が決まった後、紹惟から贈られた。

「もう、束縛を形にしてもいい頃だろう」

永利は紹惟だけのもので、紹惟は永利だけのもの。それをもう誰にも、お互いにも隠さなくていい。それは永利にとっても、本当に嬉しくて幸せなことだった。

事務所の社長と桶谷には相談したが、特に反対されなかったので、この指輪はどこにでもはめて出かけている。紹惟も同様なので、そのうち二人は公認の仲になるかもしれない。

それを言ったら誠一から、「とっくに公認だと思いますけどね」と嫌味っぽい口調で言われた。

紹惟と恋人になって、一番に報告したのは誠一だ。彼にはネチネチ弄《いじ》られたし、今も会うと弄られる。でも変わらず、彼とは気の合う親友だ。

「今、他の男のことを考えただろう」

横から軽く、手を握られた。いたずらっぽい口調と、まんざら冗談でもない熱っぽい眼差しに、ふふっと笑う。

彼はもう、独占欲を隠さない。永利も同じだし、お互いに言いたいことは言う。

それで衝突することもあるが、今のところ上手《うま》くいっている。

そんな二人は、十年後にはまた、こじれているかもしれない。でもたぶん、大丈夫。ぶつかってこじれて、時にはすれ違い、新しい面を互いに知って、次の十年に繋がっていく。

未来のことはわからないけれど、永利は信じている。紹惟は確信している。

「紹惟は本当に、俺のことよくわかってるよね」

ちらりと隣の男を見上げる。

どちらからともなく視線が絡み合い、二人は物陰でほんの一瞬、掠めるようなキスをした。

あとがき

こんにちは、初めまして。小中大豆《こなかだいず》と申します。

今回はファンタジー要素のない現代モノ、しかも芸能界が舞台となりました。

題材は誰もが知っている白雪姫なのですが、受は白雪姫ではなく、白雪姫を殺そうとする魔女です。

私はどうも子供の頃から、おとぎ話のお姫様に感情移入ができないようで、悪役の末路に釈然としない気持ちを抱えておりました。

そこまでする？　みたいな結末も多々ありますよね。

そんな、悪役びいきな性癖から生まれた本作なのですが、主人公が思ったより悪っぽくないというか、ビッチぶってるけど実は清純という、ただの面倒臭い奴になってしまいました。

攻は攻で、言葉が足りないし。書いていて「君たちさあ……」と呆《あき》れる部分もあったので、いくつか脇役に代弁させたりしました。

顔だけはとびきりいい、こじらせカップルを麗しく雰囲気のあるキャラクターに描いてくださいました、みずかねりょう先生にお礼を申し上げます。

お忙しい中、ご無理をさせて申し訳ありません。本当にありがとうございました。

担当様も毎度毎度、ご苦労をおかけして申し訳ありません。なんか謝罪の言葉も白々しくなっているので、どんどん言葉が少なくなっていくのですが……。

さまざまな方のご尽力で、本を出させていただくことができました。

最後になりましたが、最大の担い手である読者の皆様に感謝申し上げます。世の中大変なことが起こる中、こうして本が出るのは皆様のおかげです。

本当にありがとうございました。

それではまた、どこかでお会いできますように。

小中大豆

この本を読んでのご意見、ご感想を編集部までお寄せください。

《あて先》〒141-8202　東京都品川区上大崎3-1-1　徳間書店　キャラ編集部気付

「鏡よ鏡、毒リンゴを食べたのは誰？」係

【読者アンケートフォーム】

QRコードより作品の感想・アンケートをお送り頂けます。

Chara公式サイト http://www.chara-info.net/

■初出一覧
鏡よ鏡、毒リンゴを食べたのは誰？……書き下ろし

2020年11月30日　初刷

著者　小中大豆
発行者　松下俊也
発行所　株式会社徳間書店
〒141-8202　東京都品川区上大崎3-1-1
電話　049-293-5521（販売部）
03-5403-4348（編集部）
振替　00140-0-44392

Chara
鏡よ鏡、毒リンゴを食べたのは誰？……【キャラ文庫】

印刷・製本　図書印刷株式会社
カバー・口絵　近代美術株式会社
デザイン　百足屋ユウコ＋モンマ蚕（ムシカゴグラフィクス）

定価はカバーに表記してあります。

本書の一部あるいは全部を無断で複写複製することは、法律で認められた場合を除き、著作権の侵害となります。

乱丁・落丁の場合はお取り替えいたします。

© DAIZU KONAKA 2020
ISBN978-4-19-901012-5

小中大豆の本

Izayoiduki to Rinne no koi
十六夜月と輪廻の恋
小中大豆
イラスト
夏河シオリ
初めての山、人ならざるモノとの邂逅。
なのに、切なく懐かしいのはなぜ——？
キャラ文庫

好評発売中

「十六夜月と輪廻の恋」

イラスト✦夏河シオリ

山間《やまあい》の田舎に引っ越した途端、見るようになった不思議な夢。着物姿の子供に、「山に入ってはならん！」と繰り返し忠告されるのだ。そこは、通称「呪いの山」と地元で恐れられているが、小説家の梗介《きょうすけ》は気になって仕方がない…。切なさと懐かしさに引かれるように向かった山で、道に迷ってしまう!?　そんな梗介の前に現れたのは、犬耳と尻尾を持ち、高貴な雰囲気を漂わせた不機嫌そうな山神で!?

小中大豆の本

ないものねだりの王子と騎士
小中大豆
イラスト◆北沢きょう
王子の私から一本も取れずに、
騎士を志すなど、片腹痛いわ
キャラ文庫

好評発売中

「ないものねだりと王子と騎士」

イラスト✦北沢きょう

代々騎士を輩出する名門出身なのに、華奢で剣術の才能は皆無‼　なぜか魔術には長けているリュトが、騎士になる唯一の方法は、地位のある貴族から推薦状を戴くこと。けれど、ことごとく断られてしまったリュトが最後に頼ったのは、男色家と噂の変わり者の王子。若くして王位継承権を辞退し、隠居している城を訪ねると「推薦状が欲しければ、私に魔術を指南しろ」とまさかの条件を出されて…⁉

キャラ文庫最新刊

Brave －炎と闘う者たち－
楠田雅紀
イラスト✦小山田あみ

発火能力を持ち、それが原因の火事で幼い頃に両親を亡くしたイサム。数年後、贖罪のため、能力を隠し消防士になる決意をするが!?

鏡よ鏡、毒リンゴを食べたのは誰？
小中大豆
イラスト✦みずかねりょう

天才写真家・紹惟《しょうい》に抜擢され、売れないアイドルから一転、十年間モデルを務める永利《えいり》。けれど、若い被写体の出現に焦燥を募らせ!?

花屋に三人目の店員がきた夏 毎日晴天！18
菅野 彰
イラスト✦二宮悦巳

花屋に新しくバイトを雇うことに!! やって来たのは、龍《りゅう》が昔世話になった保護司の孫だ。嬉しい反面、明信《あきのぶ》は少しの戸惑いを覚えて!?

12月新刊のお知らせ

かわい恋 イラスト✦夏河シオリ ［異世界で保護竜カフェはじめました（仮）］
北ミチノ イラスト✦高久尚子 ［星のない世界でも（仮）］

12/18（金）発売予定